北のあけぼの

悲運を超えた明治の小学校長

沖藤典子［著］

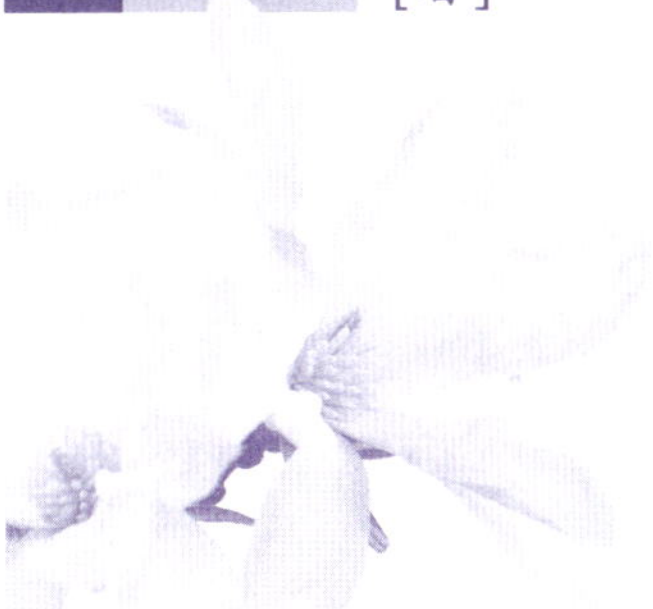

現代書館

北のあけぼの　目次

第一章　幕末の青春

1　希望への一歩

江戸麹町の屋敷は、古くて建てつけが緩んでいた。屋敷といっても、台所を除いてわずか三室しかない小屋敷である。

慶応元（一八六五）年も暮れようとしている夜、安田貞謹《さだもり》は父貞良《さだよし》に呼ばれた。半蔵門あたりのお堀から、強い寒気をはらんだ風が吹いてきて、磨きこまれた板敷きを、痛いほど冷たいものにしている。

父の書斎に入ると、墨と炭が交じり合った匂いが鼻を刺した。壁際にはたくさんの書籍が整然と並び、文机には書きかけと思われる帳面が開かれている。父は入り口に背を向け、腕組みをしてその文字を見つめていた。一万一千石の江戸詰大名、盛岡新田藩南部《なんぶ》美作守《みまさかのかみ》信民《のぶたみ》の次席家老の職責は、この時期相当に忙しいものと思われた。

「おう、きたか。ま、そこに座れ」

父は振り向くと頬を緩めて立ち上がり、行燈《あんどん》を手にして火桶の前に座り直した。炭はあまり燃えていなかったが、手をあぶってみると、指先にゆっくりと温かさがしみ込んできた。五徳に乗せた南部鉄瓶から、かすかな湯気が漂っている。

「そなたは昨年元服し、素読吟味にも合格した」

しわがれてはいるが、声に力があった。南部のいっこく者、南部の鈍牛と噂されるほどに頑固で、梃子でも動かない男。やや背が低く、筋肉質の身体、角張った頬。そのずんぐりした風体と風貌は、息子の貞謹にそっくり受け継がれていた。貞謹は弾んだ声で答えた。

「はい。一人前として恥ずかしくないところに、ようやくきました」

幼い頃より町塾ではあるが、会津日新館の流れをくむ、山鹿明倫《あけみち》先生に学んできた。武門の者であるから、剣術、弓術、馬術などは当然のことであるが、武芸よりもむしろ学問を好み、武士の教養といわれる四書五経の素読に励んできた。論語はもちろん、大学もこなしてきた。漢籍を読むのが好きだった。

父は軽くうなずいた。

「いうまでもないことだが、今この国は開闢《かいびゃく》以来の難事にある。黒船来航以来、幕府がいかに混迷を深めているか、我々には理解しがたいことばかりだ……」

「そこにもってきて都の騒乱です。なぜそんなにもめているのか、どうもよく理解できません」

黒船がきた頃は、まだ幼児だったが、その後絵などを見て、震えがくるような大きさ、鉄の塊だと知った。あのような物をつくる国とは、交易を盛んにして、教えを乞う方がいいのではないか……、開国によって国が滅ぶのかどうか、国体が危うくなるのかどうか、貞謹には分からない。

「安政のお仕置き以来、幕府はあまりにも独善である。幕臣につながる者として、ご大老様のやり方には、道理を超えたものがあると思っておった。だが、そうはいっても桜田門外での浪士達の狼藉は言語道断、とうてい許せるものではない。では、今後どうなるのか、開国なのか、攘夷なのか。家中の者は全員、息をひそめている」

「横浜や箱館などは開港しました。日米修好通商条約は日本に不利と聞いていましたが、幕府は開国に向かっているように思います。殿は何と仰せなのでしょうか」

ふっと、ため息なような音が、父の口から出た。

「殿は、盛岡から養嗣子となられ、日もまだ浅い」

貞謹は三年ほど前の文久二（一八六二）年の年末の、南部信民公のお姿が目に焼きついている。従五位下、美作守に叙任され、その時の晴れやかさ、賑やかさ、家臣達の喜びの笑顔は忘れられない。殿は確か三十歳くらいだった。働き盛りで、力強く、ご英邁に見えた（明治元年には隠居し、翌二年には信方公が家督を相続した）。

「殿にしてみれば、盛岡の南部ご本家のご意向に従わざるを得ない。盛岡新田は、石高わずか一万一千石。参勤交代も免除されている小藩である。ご本家のご指示なしに、勝手なことはできない」

「このところ殿は、盛岡との行き来が頻繁と聞いております。築城のこともあって、あれこれのご相談があるとか」

盛岡新田藩は、盛岡藩南部家の支藩であり、後に七戸藩といわれた。七戸南部家は、文政二（一八一九）年、五代目にして現在の禄高となり、諸侯に列せられ、城主格になった。が、実質的に城はなく、定府大名として、代々江戸に住んできた。安田家がどうして南部家に仕えるようになったか、家のいい伝えによれば、源義経公の副将軍であった安田義定が甲斐に落ちのび、武田信玄公のもと南部家に仕えてきたという。信玄公亡き後、盛岡へ移封になった南部家につき従ってきたと聞いている。祖父も父も南部家一筋に生き、先祖の自慢を子どもらに語り聞かせて飽きなかった。しかしこれは、あくまでもいい伝えであり、確かな資料もなく、真偽のほどははっきりしない。先祖の誰かが勝手に作り上げた怪しげな話だろう。それでも貞謹はこの話が大好きで、幼い頃から自分が清和天皇につながる源氏の家系、義経公の副将軍である安田義定の子孫であると信じ、南部家の家中であることを誇りにし、武芸や学問に励んできた。

父は火桶にかけてあった鉄瓶を取ると、茶碗に白湯をそそいで、息子の前に置き、自分もすすった。父の大きな喉仏が大きく上下に動いた。

「こういう小藩に仕える者には、二つの道しかない。一つは武芸を磨くこと、一つは学問に励むこと。泰平の世であっても、殿に命を捧げる覚悟と武術を鍛える。学問は己の思想となり、生き方の背骨を鍛えるであろう。ましてや、今この動乱の時代にあっては、なおさらである」

「はい。私もそう思っています」

「しかし、こう世情がめまぐるしく変わる時、これまでの武芸、学問でいいのか。幕府は今後どうしようとしているか、帝の御意に従って攘夷を上奏したと聞いたが……。と思えばつい先年、オランダに留学生を送った。攘夷といいながら、開国か？　やはり西洋の文物を学ぶ必要性を感じておられるのか」

その留学生に西周《にしあまね》様、榎本武揚《えのもとたけあき》様らがいたと父はいった。

「盛岡でも、オランダ式の歩兵調練をしており、南部駒を操るのも巧みである。南部家は古より駒を育て、朝廷や幕府に献上してきた。騎馬戦になれば、決して負けない。話が横にそれたが、そこで、そなたを呼んだわけだ。その留学生達が、最近帰国した」

「二、三年行っていたでしょうか。羨望の限りです」

「そこでだ。こういうご時勢だ。これからは洋学を学ぶことが大事だと思うが、どう思う」

貞謹の内心を察したかのように、貞良は息子の顔を見た。

「それは、もう」

言葉が詰まった。思いがけない話だった。彼の胸の中に鬱屈し、じりじりしていたもの、それは「この時代に、これでいいのか」とする思いだった。もうじき正月がくる。そうすれば十八歳

（数え）になる。長男として親の職を継ぎ、冷えた餅のような一生を送るのか、他の生き方はないのか、世の騒擾を見聞きするにつけ、抑えられない激情にかられることもある。

「殿が申されるに、西周先生は開成所教授に任じられると決まったそうだ。そなたが望めば推挙すると申されている。入学資格も緩和されるそうだ」

開成所とは、幕府の洋学教育研究機関である。蕃所調所が洋書調所となり、その後拡充されて、開成所と改名された。

貞謹は、火桶から下がって両手をつくと、深く頭を下げた。

「ぜひお願いします。洋学を学びたいとずっと思っていました。開成所に入ることが、念願でした。心して学びますれば」

「そうか。分かった。殿に上申する。励むがいい。我々のような微禄の者は、身につけた武芸と学問が財である」

「胸に刻みます」

「もう一つ。いろんな藩の若者が集まっているであろう。佐幕か、勤皇か、旗幟《きし》を鮮明にしてはならない。理由は分かるな」

「はい。心します」

貞謹はもう一度、深く礼をして父の居間を後にした。胸が熱いもので満たされていた。目の前が広がって、未来が開いた夜だった。

2　本多新との出会い

開成所は貞謹の住む半蔵門近くの屋敷とは、江戸城のお堀を挟んで反対側、一ツ橋にあった。左回りよりも右回りの方が少し遠かったが、貞謹はいつも右回りで歩いた。道はまっすぐではなく、右や左に折れて時間もかかったが、それは心を整える貴重なひとときでもあった。

水戸藩浪士の凶刃に倒れた井伊掃部頭《かもんのかみ》様のお屋敷に目礼し、桜田御門の見事な石垣の美しさと高い技術を眺めた。居並ぶ大名屋敷の中、永代橋近くに南部家第十五代南部美濃守利剛《としひさ》様の上屋敷もあるはずである。

「自分もいつか、ご本家の殿様にお目見えする日がくるよう、励まねばならない」

こう心に誓ったものである。

この時代、先は見えない。しかし、貞謹の胸には、「己の信念に従って生きよ、走れ」と、突き上げてくるものがある。父は、「佐幕か勤皇か、旗幟を鮮明にするな」といったけれど、貞謹には、幕府は開国し、新しい国づくりを背負うべきではないかという思いがある。

「攘夷を求める朝廷は、畏れながら世界を見ていないのではないか……」

翌慶応二（一八六六）年一月末西教授の授業があった。その時のことは生涯忘れられないだろう。

その日教授は、黒紋付の羽織袴に威儀をただし、胸を張って講壇に立った。大小の刀を差し、手に扇を持ち、秀でた額に眼光は鋭く、ややふくらんだ頬も引き締まって見えた。動じて動かぬ何か強固なものが、四肢にみなぎっている。三十代末頃だろうか。講堂を見回すと、腹の底から発したような大音声で語りだした。

「私は津和野の者であるが、二十六歳にして脱藩した。親子の縁を切ってでも、西洋の学問を専心勉強しなければならないと思ったからだ。諸君、学問は命がけである。とくに洋学を志す者は、刺客にも襲われるだろう。このことを忘れてはならない」

講堂に、大きな拍手が沸き起こった。

とくに隣に座っていた細面の、身なりの貧しい男などは、躍りださんばかりに身を乗り出して拍手している。貞謹に囁きかけてくる。

「さすが西教授だ。洋学は命がけなのだ」

貞謹も深くうなずいた。洋学を志したがために命を落とした多くの先人を思うと、今ここにいて堂々と洋学を学べるご時勢になった幸運を思わざるを得なかった。改めて座り直して背筋を立てた。

拍手が鳴り止むのを待って、教授は言葉を続けた。

「私は、オランダ語に触れたとたん、はっと目を見開かされた。新たな世界の予兆を感じたものである。それは、エゲレス語やフランス語を学び始めた時も同じであった。文字を知り、それによって、思想を知り、学問を知り、知識を蓄えた」

墨を磨りおろす微かな音と匂い、筆記する紙の音、熱気を増す空気。火鉢があちこちに置かれていたが、炭を足すことなど誰もが忘れていた。

「今は空理空論の時代ではない。必要なのは日用に役立つ学問なのだ。法律、社会制度などの実学こそが必要だ。富国強兵は国家の急務である。それなのに漢学者などは、いたずらに四書五経などを読みふけっておる。じつに、唐人の居候を我が国に置きたるがごとしなり」

いったん静まり返った講堂が、爆笑の渦に包まれた。貞謹も一緒になって笑いながら、時代は確実に変わっていることを実感した。それにしてもなんとはっきり物をいう先生だろうか。これがオランダ流というものかもしれない。身が引き締まる。

教授は、両手で学生らを抑えながら、

「しかし、西洋学者も心しなければならない。洋算、舎密《せいみ》（化学）、医術とかは、それぞれに優れており、世に益あれども、エコノミポリチックに勝るものあらず。さらにまた重要なのは、フィロゾフィなのである」

聞きなれない言葉に思わず、隣の青年に小声で尋ねた。

「今、教授何と」

「そんなことも知らねえのか。後でおいおい教えてやるさげ、今は、黙って聞いてろ」

彼には江戸者の口調以外に、南部に似たような言葉遣いとなまりがあり、それが貞謹を安心させた。この後付き合うようになって、出身が庄内と知り、人参がネンジンと聞こえて、嬉しかったものだ。

その日の講義は、エゲレスの議院制や「三権分別」についてまで話が及び、最後にこう結んだ。

「洋学を学ぶには、何よりも西洋の言葉を学ぶことだ。アルファバタ（アルファベット）は、国によって違う。練習あるのみである」

そして、思い出したように付け加えた。

「オランダのライデン大学には、図書館というものがある。図書館、聞いたことがあるか。古今東西のあらゆる国の書物を集めて、大切に守っておる。金表紙の背が壁一面の書架にずらりと並び、豪華なものだ。いかに書物への尊敬と、学問への尊崇が深いか、一目瞭然たるものがある。我が国もこのように書物を集め、保管し、多くの世人に読む機会を提供しなければならない」

衝撃的な講義が終わった。頭も胸も沸騰した時間だった。とくに最後の図書館の話は、若い貞謹の胸の底に深い思いとなって沈殿していった。「書物への尊敬、学問への尊崇」。西教授の言葉は、何かの啓示のようであった。

興奮したのは貞謹だけでなく、頬を紅潮させた学生達が、初春の日差しがまぶしい庭にぞろぞろ出ていった。彼も慌ててその後ろに従い、さきほどの青年を探した。授業が終わると飛ぶ鳥のようにして出て行ったのである。

明るい陽光に目がなじんでくると、躑躅《ツツジ》の植え込みの側の石に腰掛けて、何かをしきりに筆記している男を見つけた。明るいところで見ると、年の頃は二十歳を三、四歳は過ぎているようである。総髪で、着ている袴もよれよれで汚く、みすぼらしかった。しかし、その痩身には、何か鋭い気迫のようなものがみなぎっているように見え、声をかけていいかどうか迷った。全身が刃のようである。細面で頤《おとがい》が鋭く尖り、眼光には激しい才気が宿って見えた。

「南部の鈍牛」といわれる父に似て、自分のずんぐりした身体と、肉付きのいい顔を思えば気が引けて、しばらくその様子を見ていた。

彼はふっと顔を上げ、貞謹の姿を認めると、その眼の光がやわらく緩んで、春の目差しのように温かくなった。

「何だ君か、さっき隣にいた者ではないかい」

「さきほどは、失礼いたしました。安田貞謹と申します。南部美作守の家中の者です」

「そうかい。お武家さんかい。わしは庄内の農民の出だ。名は、本多新《あらた》という。三計塾の安井息軒《そっけん》先生の学僕をしておる」

ぶっきらぼうな物いいであった。農民が武士に使う言葉ではなかったが、しかし貞謹にはその率直さに惹かれていくものがあった。

「あの儒学者として有名な、息軒先生のところで学ばれているのですか。どうりで、西教授のお話にも反応が早かったですね」

本多は、まあまあというように手で押さえながら、

「西教授の話は痛快だ。さすがこの国を導いていかれるお方だで。聞くところによると、水戸の一ツ橋様の信任も篤く、蝦夷を拓くべしとの建白書を出しておいでのようだ」

京におわす帝のお身体具合の良くないという噂は、江戸市中でも広まり始めていた。そのことで、次の将軍に寄せる期待も大きかった。

「新将軍の呼び名高い一ツ橋大樹公様は、英邁なお方と聞いております。今後、西教授のお力はますます必要になります。そんな先生のお話を直接聞くことができて……」

貞謹の胸に、息もできないほどの高揚感があった。そしてまた、このみすぼらしい身なりでありながら、独特の覇気を見せる先輩に出会えたことも嬉しくて心強かった。後の北海道の自由民権運動家、本多新との出会いだった。この時彼は、ここでの出会いが一生を決めるとは、予想だにしていなかった。慶応二年の春であった。

3　安井息軒に師事

その後、貞謹は本多と何かにつけて論じ合う仲になった。本多はいつも目を光らせて貞謹の疑問に答え、持てる知識を披露して惜しまなかった。時には湯島聖堂にまで足を延ばしたり、近くの神田明神あたりの蕎麦屋で酒を飲んだりした。

「おい、安田、払っておけ」

それが貞謹には新鮮だった。こんな友達はかつていなかった。

「学ぶ者に身分の貴賤なし。前にもいったが、わしは農民の出である。それが何だ。国の基本は、農である。その農が疲弊しておるのだ。昨年は大凶作だった。物価が高騰し、打ち壊しも起こったが、罰せられるのはいつも農民であって、大老でも幕閣でもない」

この時貞謹は、本多が郷里の妻子と別れて、家業を弟に譲り、慶応元（一八六五）年、江戸に出奔したことを知らなかった。二度目のことであったという。

その後、安井先生の飯炊きに雇われ、三計塾に学ぶことになったのだった。先生はその数年前に美貌の誉れ高く、働き者であったお佐代夫人を亡くしていた。

ふたたび春がめぐってきて、夏の蒸し暑さが近付いていた。二人は、その頃よく歩いた湯島聖堂近くの木の株に腰かけていた。

「ところで、あんたはいくつだ」

「嘉永三（一八五〇）年の暮れ生まれですから、十八（数え）です」

「おれよりも七歳年下か。これから学ぶことは多いぞ。国は今大きく揺れておる。前の公方様は、帝に攘夷を誓ったと聞くが、新将軍の一ツ橋様は、この四月から、パリで開かれている国際博覧会に弟君を派遣している。薩摩あたりは、盛大に出品したそうだ。この国は、鎖国ではなかったのか、いつの間に開国したんだ？」

「この情勢は、私にはまったく分かりません」

開国か攘夷か、旗幟を鮮明にしてはいけないと、父はいうけれど、やはり世の動きは開国だ。それが今は、希望の道に思える。しかしそれはいえなかった。

本多はかっとなったように、叫んだ。

「分からないだと？　しっかりした自分の思想を持て。息軒先生は、開国に踏み切るべしとのお考えである。おれも、まったく同感だ。あんたもよく世界を見よ。相互に交易するは世界の大勢なのだ。鎖国なんて、可能なものか。開国要求を拒絶して、戦争にでもなってみろ。軍事力からして、勝てるはずがない。列強に蹂躙されるよりも、自ら広く国を開いて、エコノミを発展させるべし」

そうか、やはり開国に向かうべきなのか。胸の中が晴れて、先が見通せた思いだった。

「じつは私も同じ考えなんです。でも口に出していうだけの理論がない。本多さん。私も三計塾で学びたいのです。多くの門下生がいると聞いています。ぜひお会いできるように、取り計らっていただけないでしょうか」

「いいよ。会わせてやるよ。会って、驚くな」

本多はあっさりといった。

「驚くとは、どういうことですか」

「会えば、分かるさ。ところであんた、最近尾張や京あたりで、『ええじゃないか』というものが流行っているのを知っているか」

「聞いたことはありますが、見たことは……」

「おれも見たことはない。何でも百姓も町人も、男も女も『ええじゃないか』が聞こえてくると、何もかもほっぽり出して、吸い込まれるようにその列に入って、狂乱乱舞でどこかに行ってしまうそうだ」

「手を頭上でひらひらさせると、聞いております。街道筋では打ち壊しを恐れて、飯を食わせたり、泊まらせたりする。それが膨大な数なんだとか」

「先生がおっしゃるには、これは開国したら治まるそうだ。物いえぬ者達の何かの訴えだと。物いえぬ者が、物いえる国にしなければ、『ええじゃないか』はなくならない。西教授と同じく、息軒先生も、言論があってこそ国が成り立つとのお考えである」

先生の居所を聞いて驚いた。近所だったからだ。

「麹町善国寺谷だ。二階に、〝辺務を談ぜない〟と貼り紙をしてある。それほど先生には来客が多い」

「そこをどうぞよろしくお願いします」

後に安井息軒先生は、日向国の人で、後に飫肥《おび》藩に召し抱えられたと知った。字《あざな》を仲平《ちゅうへい》といい、子どもの頃に大疱瘡に罹り、片目が潰れた上に、満面にあばたができた。鼻も背も極端に低く、本を読んでいると、「猿が本を読んでいる」と嘲られたそうだ。本多が、驚くなといったのは、このことだったのだろう。

しかし頭脳明晰。二十代後半に江戸へ出て、昌平黌《しょうへいこう》で学んだ。伊能忠敬殿が蝦夷地測量をしたことに大きな刺激を受けたようで、後に『海防私議』を出し、蝦夷開拓論にも熱心であった。

貞謹が、麴町善国寺谷にある先生の家でお目見えに預かったのは、その年（慶応三年）の十月も半ばを過ぎた頃だった。先生は六十後半であったが、その口調に老いの影はなかった。

開口一番先生は、

「どうだ。私の顔に驚いたであろう」

「いえ……」

驚くというよりも、顔面にイボのように盛り上がった病痕の痛々しさに頭を垂れた。しかしながら、先生が持つ雰囲気には、長く学問してきた人の悠揚せまらぬ重みがあった。

「私が、洋学を学ばんとするは、西洋の諸事万物を知るためであるが、新しい医学もまた必要だと思うからだ。天然痘には種痘という方法もある。それさえあれば、私のような者は、二度と現れないのだ。それでだ、そなたはなかなかの勉強家だと本多から聞いておるが、一番何を知りたい」

「はい……。本多さんからいろいろ教えていただいておりますが、やはりいったい政治とは何か、この国の向かうべき方向は何かなどですが」

先生は、待ってましたとばかりに膝をすすめた。

「今日の政治は、三つしかない。年貢を集める、訴訟を聴く、盗賊を捕らえる。これで政治といえるか。つまり治教がないのだ」

「治教とは？」

「まず、村々に役人を巡回させ、百姓をして耕作に励まさせ、赤子の間引きなどを止めさせる。それには、手当て金も出してやらねばならぬ。この政治を、役人を増やさずに実施せよ。俸は厚く、罰は重くしなければならない。西洋のような議会をつくるべし。そうだ、これを見るがいい」

先生は、巻紙を懐から出すと、広げて貞謹の前に置いた。

そこには、黒々と墨書された詩が、大きく書かれていた。

粟尽き銭徴され、銭尽きて遁《のが》る
飢鴉《きあ》　壑《たに》に噪いで　骨縦横たり
知るや否や　堂上弦歌の声
即ち是れ　田間《でんかん》慟哭の声

先生の重い声が響いた。

「これは、仙台領内を旅した時に目にした光景だった。私の学問は、この詩にとどまる。この『田間慟哭の声』を書いたことで、昨年には百姓二万人の大蜂起となった。私の治教論には、政治に何の思想もなき幕府のやり方への、批判が込められている」

なんという激しい詩だろう。ご政道への怒り満ちた一語一句。大地に生きる者達への尽きせぬ愛情。読んでいるうちに涙があふれた。

「学問とは、こういう現実への怒りがなければならない。知ることは、感じることであり、その目は必ず悲惨な現実を見ることだ」

「はい。私も先生のような志を持つ者になるよう、励みます」

その時、家僕の一人に手招きされて本多が部屋を出ていった。

数刻して走るようにして戻ってきた彼は、

「先生！」

と大きく叫んだ。

「京から飛脚がきました。なんと、新将軍様が、帝に大政の奉還を上表なさったそうです。列藩諸侯は大混乱に陥っているそうです」

「なんと」

先生は立ち上がった。

「幕府が、政権を放り出したというのか。こうしてはおられない。すまないが、安田君、面談はこれにて終わりだ。落ち着いたらまた、きなさい」
貞謹も飛び上がる思いだった。これはどういうことなのか、藩邸でも大騒ぎになっているのではないか。一刻も早く父に会って、この事態をどう解釈すべきなのか、今後どうなるのか、知りたいと思った。詩の悲惨さに流した涙を拭きながら、転げるようにして屋敷の方向に走った。

4　武士の世の終わり

西教授の姿を見かけなくなった。噂によると、将軍のお供で京にのぼったという。フランス語をご講義なさっているということだ。京の騒擾については江戸にも知らせがあり、講堂はいつも不安げな顔で埋まっていた。西教授の不在は、学生達への励ましの声が消えてしまったようで、淋しかった。

十二月になって、王政復古の大号令がなされた。上奏があった以上、いつかはこの日を迎えると予想されていた。どの屋敷も固く門を閉ざした。下町では、戦になると噂が飛び交い、町人達の米や味噌の買い占め、それを吐き出させるという打ち壊しなどが起こっているそうだ。とくに米の価格が高騰し人々は米を求めて走り回っていた。

美作守の屋敷の中では、日々議論が続いていた。

「王政復古とは国威挽回のためと聞くが、それはいかなるものか」

「我々武門の者は、秩禄が支給されることを根拠に、死をもって国家を守る戦士である。干城《かんじょう》たる者は、恩顧ある将軍様のためでなく、帝のために死ぬのか。教えて欲しい」

議論は毎日朝から夜遅くまで続いた。

明けて新年、驚くべき知らせが舞い込んだ。京都での鳥羽・伏見の戦いに敗れた将軍様が、大坂城を脱出して開陽丸で品川に帰ってきたというのである。会津様や桑名様もご同行されたそうだが、海軍副総裁の榎本武揚和泉守様は置き去りにされたという。

家中は騒然となった。美作守様は家臣を一堂に集めた。貞謹もその座に加えられた。殿は青い頬を引き締めて、甲高い声でいった。

「将軍家は武門の棟梁である。最高の方だ。聞けばその方が、兵達を置き去りにされたというではないか。敵前逃亡をなさるとは、もはや世も末である。国を守るべきお方が、国のために命を賭ける者を捨てていいのか。陪臣ながらお仕えした幕府は、崩壊した。しかし余は、今後いかなることがあっても、そなた達を守るであろう」

すすり泣きの声が、あちこちから聞こえてきた。

その夜、父は貞謹にいった。

「殿は、幕府は崩壊したと申された。今後どうなるのか。何があってもうろたえるな。殿を信じてお仕えするのみだ」

数日後、貞謹は用事があって町に出た。町には京・大坂から逃げてきたと思われる侍が大勢たむろしていた。中には抜刀して側の樹木を切りつけたり、激しい口論も聞こえてきた。しかし多くは、憮然とした表情で廃屋のような町家の塀に目をやっていた。空腹と疲労で、疲れ切った表情だった。具足も泥だらけだった。土煙が上がり、町は雑然としていた。

塀に大きな貼り紙があった。近寄ってみると、落首であった。

江戸の豚、京都の狆に追い出され

思わず頬が緩んで、慌てた。なるほど、うまいことをいう。あげくに、将軍が豚肉を好んで召し上がるというのは、もっぱらの噂だった。それも引っ掛けているのかもしれない。何か胸がすっとした感じでしばらく行くと、ばったりと安井先生に出会った。思わず、声をかけた。

「先生。私は過日、本多さんの紹介でお宅にあがった安田です」

先生は、片目を見開いて貞謹を見上げていたが、

「そうだ。君は安田君だ。あの日のことは忘れない。大政奉還が上奏されたと飛脚がきた日だ」

「はい。先生の『田間慟哭の声』、胸に焼き付いています。それで先生、一つお伺いしたいのですが」

「急いでおる。簡単にいいなさい。大政奉還のことか」

「この国は、これからどうなるのでしょうか」

「江戸の豚か……」

吐き捨てるように先生はいった。先生もあの落首を見ていたのか、まさか先生が書いた？　と一瞬思ったが、口には出せないことだった。

「兵を置き去りにするような者に、何の考えがある。いやになった、面倒になったと政治を放り出したのであろう。西洋のように議会をつくるとか、策があるわけでもない。聞くところによれば、王政復古は諸事神武創業の始めに基づくというが、列強諸国が我が国を狙っているこの時に、何、寝言をいっている」

最後に師は、大きく怒鳴るようにいった。

「そなたも、よく考えよ」

足を引きずるようにして去っていく師を見送りながら、「治教」がないと鋭くいったあの日のことを思い出した。「西洋のような議会」とも先生はいった。

そういえば、最近は「ええじゃないか」がぱたったと止んだそうだ。あの時先生は、物いえぬ民の訴えだといわれたが、やはり民の苦しみに応えていなかった幕府への抵抗だったのか、そして幕府が崩壊したと察知して止んだのか。庶民の直感を無視してはならない、これからの時代は農民や町人の時代だ、そんな予感がした。

ふと見ると先生が駆け戻ってきた。黒い羽織と袴が一陣の風のようだった。おいおいと手を振りながら、黒い風は息をはずませた。

「蝦夷地の開拓が盛んに議論されておる。そのうちに、新しい政府によって細目が発表されるだろう。蝦夷地開拓は、拙者の長年の念願であり、この国の未来である」

それだけいうと、また走り去っていった。

屋敷に戻ると、さらに驚くべき知らせが、父から語られた。

「錦の御旗を立てた官軍とかいうものが、江戸と会津を攻めに進軍しているそうだ。内戦ではないか。南部藩ご本家は、奥羽越列藩同盟に入っている。当然、援軍も会津に出しておろう。我々も覚悟しなければならない。畏れ多いことだが、新しい帝は、御年まだ十五か十六と聞く。長州などには都合が良かろう。公家にとってはなおさらだ。連中が好き勝手をして」

長州や薩摩などが、いつの間にか朝廷に取り入り、なんと朝敵討伐の証である錦の御旗とかいう物を立てて江戸に向かって進軍しているとか。連中が官軍とは、なぜなのか。いったいいつ我々は、攻められる側になったのだろう。

「それで、町の様子はどうだ」

「町中に、侍があふれています。みんな乞食のような格好で、腹を空かせています。中には、江戸城を守り奉ると暴れていた者もいました。お城にも随分集まっているようです。大砲を据えたという噂も聞きました」

「そうか。やがて、江戸で戦い、会津にも馳せ参じることになるやもしれぬ。刀術の練習に励むべし。それで、将軍様は上野の寛永寺にお入りになったそうだ。お城には静寛院宮《せいかんいんのみや》（和宮《かずのみや》）様もおられるというのに、置き去りにされた。江戸城が攻められたら、誰が宮様をお守りするのか。宮様は人質なのか。恭順なんぞといったところで、連中が信用するものか」

その頃から、毎夜のように町々のあちこちで早鐘が打ち鳴らされ、大声で怒鳴って歩く者が増え、ますます騒然とした日々となった。

その年慶応四（一八六八）年四月になって、幕臣、陪臣を悲涙に陥れたのは、一戦も交えることなく江戸城が新政府軍に明け渡されたことだった。新政府軍の首脳は、薩摩、長州、土佐、肥前（佐賀）である。攘夷であったはずが、いつの間にか開国になっていた。

気持ちの治まらない武士達が刀を振り回して歩き、商人は脅えて固く戸を閉め切っている。抗戦派の者は彰義隊になだれ込んでいき、五月には上野の山に立てこもった。貞謹も父に願い出た。

「私を上野に行かせてください。じっとしておられません」

「ならぬ。いつかいったであろう。我ら小藩の者は、かような時には、動いてはならぬのだ」

その後、新政府軍から宣戦布告があり、上野戦争はあっけなく終わった。多くの死者がでた。父はいった。

「なんでも佐賀藩は、アームストロング砲を使ったそうだ。戦力の差は歴然としていた。もはや、刀の時代ではないとよく分かった」
「榎本和泉守様が、開陽丸で箱館に逃げたと聞きました」
「逃げたのではない。幕臣としての誇りを賭けたのだ。我々もかくありたいのだが、殿のお沙汰がない以上どうしようもない」
父もじりじりしている。それは息子以上であったかもしれない。

幕府の崩壊によって、開成所は閉鎖された。その後九月になって官立の「開成学校」として再興されたが、貞謹には通うことは許されなかった。思えば、わずか一年余の学徒生活であった。その代わり、本多に頼んで三計塾に通わせてもらうことになった。

その前、七月には江戸が東京といわれることになったという布告が出て、九月には元号が慶四（一八六八）年から明治元年となった。人々は、これを「明治維新」とか「ご一新」とかいった。開国か攘夷か、不平等条約問題など各論入り乱れていた市中の人々も、改元とは開国であり、古い歴史から解放されたと、明るさが漂い始めていた。さらにまた驚いたことに、京におわした帝が、東京の江戸城にお入りになったのである。この東京入りに人々は興奮して、行列を見んとお城を取り囲んだ。その牛車や御簾《みす》の華やかさに息を呑んだのだった。

明治元年となった年の九月、会津の鶴ヶ城落城の悲報が届いた。家中は涙にくれ、その夜は食事も喉を通らなかった。

「三春五万石が裏切ったのではないか」

「銃の性能で負けた。会津も長州が使っていたスナイドル銃を、商人のグラバーを通して注文してあったそうだ。それが、ついに届かなかった。長州沖で嵐に遭ったというが、ほんとうだろうか」

「長州が横取りしたのではないか。しかし、証拠はない……」

口々に嘆きあい、裏切りをののしり、涙の一夜を過ごした。

明治元年は大きな変化のもと、新しい時代を予感させながら、しかし、南部の家中では、武士の世が終わることを信じきれない者達の閉塞感のうちに終わった。


その翌年の五月雨の降る夜、殿様に召しだされていた父が顔面を蒼白にし、目を怒らせて帰ってきた。すぐ家の者を集めた。

「新政府の薩摩、長州、土佐、肥前などが建白書を上局公儀所に出していたが、その審議結果が本日五月十二日に出された。これまでの大名領はなくなることになった」

「どういうことですか」

「我々は、もはや秩禄をいただく者ではなくなったということだ」

「それは新政府、薩長の陰謀ではないのですか」

「そうかもしれない。諸大名様は帝へ、領地(版図)と領民(戸籍)を返還する。幕府を根こそぎ崩壊させるものだ。我らは幕府のご恩をこうむる者から、帝のご恩のもとに生きる者になる。これを版籍奉還というそうだ」

「藩がなくなる？　新しいご政道とは、こういうことなのですか」

「そのようだ。それで我が藩は盛岡新田藩といわれていたが、これが七戸藩と改名された。正式に発表されるのは来月に入ってからだろうが、七戸藩の場合、版籍奉還の期限は六月二十四日である。それまでに殿は七戸へ行かなければならない。藩の主だったもの、五六名がお供仕る。当家では、私と長男の貞謹が加えられた。後の者は、七戸の生活が落ち着き次第呼び寄せる故、家財を整理し、準備にとりかかるべし。今後、藩士は士族と称されることになった」

七戸に着いたのは、明治二年（一八六九）六月二十四日の未明、提出ぎりぎりの日だった。途中で殿がお疲れになり、予定よりも到着が大幅に遅れたのだ。お館のある小山のふもとに小川が流れ、その近くに留守居役の重臣盛田家があり、安田親子はとりあえずそこで旅装を解いた。盛田氏の世話で小さな家を借りて、東京から家族を呼び寄せた時は、八月になっていた。

出発間際慌しく別れの挨拶をしてきた本多新に、手紙を出すと、すぐ返事がきた。そこには、安井先生の消息とともに、「八月に蝦夷地が、北海道と改称された」とあった。

「そうか。蝦夷はこれから北海道と呼ばれるようになるのか」

その呼称に、どこか新鮮な響きがあった。

蝦夷地を探検した松浦武四郎先生が、当時開拓判官であり、先生の命名であるという。北加伊道という案もあったそうだ。一年ほどの任期だったが、各地の地名を詳細に書き残した努力の人だけに、愛情がこもっている命名だった。

七戸は、明治二年は大凶作であった。天候が悪く、害虫が大量に発生し、稲は枯れ、他の作物もほんのわずかしか実らなかった。翌三年には、惣百姓一揆が起こり、人々の心はすさみ、生活は極端に逼塞《ひっそく》し、政治や社会状況は大混乱に陥っていた。家臣の中には夜逃げする者もおり、餓死する者まで出た。まさに、安井先生の「田間慟哭の声」の地獄が再現されていた。

「ご一新のせいだ」

人々は口にし、世の変化を恨んだ。

こんな中で自分はどうすればいいのか、貞謹の胸に焦燥感が渦巻いていた。この七戸では、小さな学塾を開き、移住してきた家中の子や地元の子に漢学などを教えているが、それでいいのか。子らが持ってくるしなびた大根や菜っ葉で糊口を凌《しの》ぐ生活。これに何の希望があるのか。西先生に学んだ洋学、蒸気で走る車輪、壮大な大学、荘厳な図書館、そんな世界の実現は可能なのか。天然痘をなくしたいという安井先生の西洋医学、どうすればこれを学べるのか。

明治二年に新政府から出された「庶民を対象とする小学校設置を奨励する」という布告は、ようやく七戸にも届き、四年早々には学輔兼主記を拝命したが、それで未来が開けるものではなかった。前の年の暮れ、父は大参事の地位についたが、年末の俸給は、わずか米一斗九升五合であった。これでどう食いつないでいくのか。

ある日、父は家族の前でいった。

「お達しによると、藩はなくなり、県になるということだ。廃藩置県というそうだ。ここは、七戸県といわれることになった」

明治四年の七月の中頃だった。

それに合わせたように、七月二十九日には、「七戸藩十五等出仕」として拝命したばかりの貞謹の役職が、八月四日には、「七戸県少属」となった。貞謹は思った。

「私は木の葉ではない。風のままに生きるわけには参らぬ。多くの人のように、ご一新さえなければばと嘆いていていいのか。北海道の新天地で生きていきたい。そこで子ども達を教育し、開拓の人材を育てる。ゆくゆくはオランダの大学にも負けぬ学校もつくりたい」

その直後に伝えられたのは、旅行の自由と「散髪脱刀勝手次第の令」だった。

貞謹は、自らの思いを確定するかのように、断髪した。しかし刀は、勝手次第ということである。腰の物がないと身体が安定せず、気が入らない感じがした。身の危険を守るためにも必要だった。

ある夜、父と母に決心を告げた。

「ここにいても何の未来もありません。私は北海道に参りたいと思います。旅も自由にできるようになりました。お許しください」

しばらく間があった。父は、吐息をもらして、

「そうか。蝦夷地の開拓に向かうか。ここには未来がないか。新天地といえば聞こえはいいが、かの地は寒冷にして鬱そうたる荒野と聞いておる。猛禽が跋扈《ばっこ》し、危険も多い。覚悟はあるのか」

「はい。満目荒涼の上に、危険に満ちていると思います。それは覚悟の上です。そういう地なればこそ、開拓の必要性があると考えています。安井息軒先生は、蝦夷地はこの国の未来だといわれました」

「それで、いかにして身を立てる」

「洋学を基礎として、移住者の子弟の学問にあたりたいと思います。開拓に必要なのは、子らの教育と思いますれば。私塾をつくろうかと。安井先生に、推薦状も書いていただきました」

それは本多がお願いしてくれて、この地まで送ってくれたものだった。本多の世話なくしては、得られないものだった。

「教育で身を立てるか。もはや、武士の世ではなくなったのう。それで、誰か頼りになる者はおるのか」

「友人の本多さんの紹介で、庄内藩ご出身、今は開拓判官の松本十郎様がお世話くださいます。もっとも今は根室というところにおいでのようですが。松本様の家僕で吉田様という方が準備をしてくださっています。開拓の人材教育のまず初めは、初等教育だと、松本様もいってくださっ

ています。それに南部のご家中の方々も移住しているそうです。向こうでの生活が落ちついたら、父上や母上にもきていただきます。弟の貞弘や貞道も、職が定まらなければ、きて欲しいと思います」

「そうか。いつの間にそんな準備をしておったのか。そなたも一人前になったものだ。南部の鈍牛といわれた私の息子だ。あせらず、地道に、何よりも誠実に働くことだ」

「ありがとうございます。ついては、下男の源吉と源三を連れて参りたいのですが。源吉は青森で帰します。源三は、札幌に落ち着いたら帰しますので」

「よかろう。いつ行くつもりだ」

「あまり寒くならないうちに」

しかし、県の統廃合の問題がなかなか解決できなかった。十月三十日には、七戸県が青森県に合併したため、青森県士族の名は残ったものの、官職は廃官となった。

出発したのは十一月初旬だった。出発の朝、七戸は冬の空が晴れ渡っていたが、寒気は鋭かった。こんな時期に極寒の地といわれている北海道に行くのは、無謀かもしれなかった。

母のキヌが、握り飯の包みを渡しながらいった。

「いいお天気になりました。でも、晴れた日は寒いものです。苦難もあるでしょうが、お気張りなさい。水に注意して」

「お前は、安田家の誇りだ。新天地の開拓は勿論だが、自分の人生も切り開きなさい。耐えて、耐えて、耐え抜くように」

「まったく……。ご一新さえなければ……」

母が涙声になった。その声を振り切るようにして、二人の弟に向き直った。

「貞弘、貞道、父上と母上を頼む」

弟が力強くうなずくのを見て、

「しばしのお別れです。では、行って参じます」

凶作の続くこの土地には、もう戻るまい。綿の入った筒袖の布子に紋付の道中羽織を重ねた。袴の股立《ももだ》ちを取り、脚絆を巻いて手甲を締め、腰に大小の刀を差した。貞謹は四人に深く頭を下げると、大きく息を吸って背を向けた。

大八車には、二つの長持ちを積んだ。そこには、綿入れなどの冬物、寝具、日用品の他にも、紋付の羽織と仙台平の袴、大小の刀、鎧や兜、具足、殿から拝領した短刀、額鉄《はちがね》の付いた鉢巻などを収めた。いざ戦、という時の用意である。荒れる動物対策のみならず、戦用意も怠ってはならなかった。時勢はまだ油断ならなかった。

青森港に着いてみると、函館行きの船は翌日に出るという。乗船賃は、中等で二円だった。海は黒く幾重にもうねり、白波が、牙を剝き出したように光っていた。

さらば武士の世、さらば江戸、さらば七戸。家族への執着、思い出、すべてを振り切り、人生をかけての出発。新しい天地に身一つで立ち向かう。未来を獲得するための旅立ちだ。ここで源吉を帰し、貞謹と源三は、船に乗り込んだ。

風が一層激しくなり、海がうなり声を発して大きくうねり、船は大きく蛇行し始めた。風が笠を吹き飛ばそうとする。北の大地はこの若い男を手荒く歓迎しているように見えた。

第二章　新天地で始まった人生

1　札幌生活の始まり

石狩通り近くの吉田義一の家を探し当てたのは、午後遅くだった。開拓使札幌本庁舎の広大な建設予定地の近くにあった。冬の夕暮れは、空に灰色の布を敷き詰めたかのように重く垂れ、小雪がちらついていた。空気も重くて、身体が押しつぶされるように感じられた。

「道が凍っていて、想像以上の寒さだね」

貞謹は誰にともなくいった。寒さが骨に沁みてくる。その上、じつに広いのだ。風が縦横に吹きすさぶ。家を探して歩き回っている間に、町全体の地区割りが分かってきた。

「それにしても、じつに広壮な計画の町だ」

幅六〇間の大きな通りは火事予防と聞いたが、これを構想した佐賀藩士島義勇《よしたけ》開拓首席判官の気宇は壮大であった。わずか一年余の仕事であったという。

青森からの船は、大波に翻弄されてあちらこちらに押し流されながら揺れに揺れ、箱館に着いたのは、夜も遅くになってからだった。港近くの宿で一泊して小樽に着いた。そこからは陸路である。熊などの猛獣よけに鈴を振って歩く。

道の両側の樹木は、すでに葉を落としていた。源三が驚いていった。

「太くて大きな根が、地上に剝き出しになっています。この縦横に這っているさまは、大蛇がとぐろを巻いているようじゃありませんか。すごい生命力ですねえ」

大木の群れは寒風を受けると、叫ぶような音を発して揺らいだ。大八車は右に左に揺れて、車輪が軋んで悲鳴をあげた。落ち葉が風にあおられて舞い上がる。積もり始めた雪がつぶてのように飛んできて頰に痛い。海岸沿いの道には悪路が多く、命がけの道のりであった。

案内の人夫が、斜めに枝を張った大木を指して、教えてくれた。

「これはヤチダモっていうんださ。アイヌの連中はピンニっていうだ。よく割れるんで、薪にしたり、道具類を作る時に使うもんさよ。傷にも効くだ。アイヌモシリ（人間の国）が創られた時、二番目に創られた木なんだと。こっちの木はオヒョウ、アッニだ。紐を取る木だと。これで着物を作る」

源三が聞いた。

「じゃあ、一番目の木は何だろうか」

「さあなあ。ま、いい加減な話だべさ」

「そうでもないと思うけどな。あれ、あの白い幹は何という」

「ああ、あれはシラカンバ。レタッタッニというやつ。春になると水をぐんぐん吸い上げるから、幹から樹液を採るのさ。それがうまいんだ」

「ほう。樹液をねえ」

「神様の味ださ」

シラカンバの林が遠くに見える。枯れ木が林立する中で、その幹の白く輝く姿は、清らかでおごそかな感じがした。

「まっすぐに立っていてきれいだ。北海道にきて開拓しようとする人の精神の証のようじゃないか」

思わず貞謹がいうと、人夫はあっさりと答えた。

「そうかい。きれいだかい。わっちらの中には、骨が立ってるみてえで気味悪いというのもいるんださ」

この地の大木を切り、根を掘り、畑地にする苦労は並大抵のものではないだろう。大きな石も散乱しており、取り除くにも多大な労力がいる。北の地の自然は荒々しく、狂暴に見えた。

探し当てた家は、大きな家ながら、内地で見かける普通の木造建てだった。玄関を開けると、中から吉田が飛び出すようにして出てきた。日焼けした顔が満面の笑みをたたえて、

「薬売りからの手紙で、今日あたりお着きと伺ってましたで、まだかまだかと待ってましたんださ」

初対面ではあったが、うち解けた口調に安堵の思いが広がった。温情のある優しい人柄に思えた。細身の長身で身体がこまめに動く。

奥は意外に広く、中央の廊下の両側にいくつかの部屋があった。貞謹達は廊下の一番奥の右側、八畳ほどの部屋に案内された。床の間があり、刀掛けが置いてある。

「さ、さ、お腰の物をあちらに」

部屋の中ほどに炉が切ってあり、薪がよく燃えていた。天井から釣り下がった太い縄の先には自在鉤がついていて、鉄瓶がかけられており、その湯気が部屋を心地よい湿度に保っている。

荷車から降ろした長持ちを、源三と人夫が運び込んできた。

「後でゆっくり開けるから、そのまま置いておけばいい」

人夫は遠慮して入り口近くの隅に座った。吉田は手招きして、

「あんたもこっちさくるべし。そこじゃあずましくない（落ち着かない）しょ。開拓はみんなでやるもんだ。昔の身分なんていってたら、一歩も進まんでしょ。三人とも寒かったべさ。なんもお構いできんけど、まずは湯でも飲んで身体を温めてさ。話はそれからだ」

この家は、松本判官様の発案で、移住してくる士族が自立できるまで、住まわせているらしい。あちこちの部屋で、お国なまりのある話し声がした。

「ご厄介になります」

貞謹は手をついて、深ぶかと頭を下げた。吉田は顔を綻ばせながら、なんも、なんもと、軽く手を振った。

「道中、こわかった（疲れた）しょ。おっかない野獣もいるしさ。鹿道《ししみち》を歩いてきたと思うけんど、無事で何よりだったのす」

「この源三が鈴の他にも銅鑼を叩いてくれたから、動物はきませんでしたが、思っていた以上に密林が広がっていて、笹藪も深いし、石ころは多いし。何よりも木の根が縦横無尽に走っていて、開拓というのは簡単なものでないと思い知りました」

「そうなんださ。みんな木の根っこや藪に驚くのさ。今の季節害虫は出ないけど、これで命落とす人もいるからね」

「途中、笹を屋根に乗せただけの掘っ立て小屋の多さに驚きましたよ。あれで冬を越せるんでしょうか。火事にでもなったら」

「それそれ、岩村判官様も困っていらっしゃるのさ。火が点いたら、あっという間だべさ。ま、細かい話はおいおいするとして、湯屋にでも行って垢を落としてこないかい。すぐ近くだよ。その間に夕飯の用意をしておくから」

貞謹がうなずくと、人夫は「じゃあ、わっちはこれで」と、茶碗を置いて立ち上がり、賃料を受け取ると帰っていった。

「それでは、着替えを出しますか」

源三が長持ちを開けて、浴衣や着替え、綿入れの丹前を二枚取り出した。押入れを開けると、布団や敷布、丹前までもがきちんと畳まれていた。他にも日用品のこまごましたものが置いてあった。

「なんというお心遣い、ありがたいことです」

「いんやいや。これはお迎えの印でさ。松本判官様は、先にきた者が後からきた人を助けるというお考えなのさ」

先にきた者が、後からきた人を助ける――、心しなければならない言葉だと思った。

「松本様は、庄内藩のお方。朝敵藩の出なのに、よく開拓判官に任じられました」

「それそれ。みんな驚くんだから。黒田清隆様のおかげなんださ。松本様は、最初、黒田清隆様憎しで殺してやろうと、京都に行ったんだと。そしたら、西郷隆盛様らと一緒に、庄内藩の恩赦に働いてくれていると知って、自分の非を詫びたんだね。その態度が気に入ってもらってさ、黒田開拓次官のもとで働くべく北海道にきたのさ。その時、私らも一緒にきたってわけだ。本多新は江戸、東京さ行ったけど」

「黒田様は、松本様のご器量を見抜かれたんですね。その庄内藩、本多さんのご縁で、こうして助けていただきました」

「私らはご一新以来いいことは一つもないけどさ、世の中ってありがたいもんだと知ったから、ま、それはそれでいいんでないかい」

部屋の隅に衣桁《えこう》があり、そこに道中見かけたアイヌ文様の着物がかけてあった。それも、華やかで豪華なものだ。衣装全体は何の生地なのか分からないが、襟や袖口、裾に赤や黄色、青などの糸で、つる草のような文様や縦横の直線模様が織り込まれてあった。

「これは?」

「そうそう、判官様からの歓迎の印です。ご存じのように、今は根室に行っているから、気持ちばかりだって。これは暖かいからね」

「いやしかし、こんな立派なものを」

「これは新品でないのさ。何回か着ているから、心配なしだ。これは儀式なんかに着るもんで、普段は連中も木綿で作った綿入れとか、オヒョウの樹皮で織ったものを着ている。器用なもんださ。この文様は、植物の蔓とか、川の渦巻きを現しているそうだ。判官様は、このアッシ(アットゥシ・厚司織り)が好きでねえ。いつも着ておいでだ。アッシ判官なんていわれて、喜んでる具合さ」

「道中、鉢巻みたいなものを頭に巻いている人もいましたが。やっぱりこんなつる草のような文様が入っていて」

源三が口を挟むと、

「あの鉢巻ね。マタンプシっていうんだ。いろいろな文様や色や大きさがあってね。女が好きな男に贈るって聞いたよ。あんたも欲しいかい」

「いえいえ」

源三が赤くなって手を振った。三人は大笑いした。

「これは二、三日、休ませたら海が時化ないうちに帰しますので」

「そうかい。それは残念だねえ。じゃあ、安田さん、あんただ」

また笑い声が起こって、貞謹と源三は湯屋に行くべく玄関を出た。

2 新天地の現実

翌日、貞謹は持参した仙台平の袴、羽織に身を固めた。開拓使仮本庁へ移住の届け出をしに行く。武士の世ではなくなったが、それなりの格式を見せたい。腰の大小はどうしようか迷ったが、こちらは護身用に必要だと思い直した。

吉田の居室に挨拶に行くと、

「その格好じゃ、寒い。今日は晴れているけど風が冷たい。これを着て行くといいでしょう」

「何ですか、それは」

「二重廻しというものです」

確かに胸のあたりの布が二重になっている。厚地の布で、どっしりと重く暖かいものだった。襟には、狐の毛皮がついている。

仮本庁の玄関に入ると、長い横杭を渡してあり、その奥に多くの役人達が、四人一組に机を向かい合わせて、椅子に腰掛けていた。見慣れぬ形の鉄らしき箱から煙突が伸び、薪が燃えていた。縦長の窓ガラスは二段になっていて、一段に横二枚、縦三枚のガラスがはめ込まれている。明るくて暖かかった。まるで西洋の役所のようだと貞謹は思った。

誰に聞けばいいのか分からなかったので、庶務という札にかかった机に向かっている男に声をかけた。眉が太く角ばった頬に、薄い髭を生やしている。もしかしたら、薩摩か……、息を整えて、

「移住の届けに参りましたが、どこに行けばよろしいか」

「ここで、よか。おいがその係じゃ」

意外にも優しい声だった。

「ほう、七戸、青森県士族か。いつ着いた」

「昨日です。松本判官様の宿舎に入れてもらいました」

「何をするつもりじゃ」

「開拓に従事する方々の子弟に、読み書きなどを教えたいと思います。私塾を開きたいのです」

安井先生からの推薦状を見せた。

「ほう。おいの息子も数え六つじゃで、そろそろ教えんならん」

最初は薩摩かと身構えたものが薄れていった。いろいろな事情を抱えた者が集まっている。この男も黒田次官の命できたのだろう。

「塾を開くといっても簡単ではありません。しばらくは、先輩の塾で学僕などさせていただきますが、どなたか知り合いがいれば」

「知らん。それはおいの役目でなか。とにかくおぬしが開塾したら、もう一度こい」

これで用件は済んだ。明治四（一八七一）年十一月、安田貞謹二十歳にしての、渡道第一日めの朝であった。

少し町を歩いてみようと思った。昨日驚いた大きな道を横切り、まるで碁盤の目のように区割りされた家並みを歩いていくと、遠くに寺の大屋根が見えた。

「寺があるのか。まさか」

近付いてみると、「本願寺」とあった。簡単な寺暦が掲げられており、「現如上人、明治三年二月勅命により一七八名の者を引き連れて渡道。本願寺街道を一年三カ月で完成させた」とあった。

あの荒地を切り開き、道をつくったというのか。なんという胆力だ。

「ここで聞いてみれば、私塾の様子が分かるかもしれない」

とひらめくものがあった。小僧に、「上人様にお願いの儀がある」というと、しばらく待たされるが会ってくれるという。やがて現れた上人様は、まだ若い人だった。貞謹はこの若さであの難事業を完成させたのかと思うと、身の引き締まる思いがした。事情を話すと、

「ほう、それは大事なことどすな。ここは浄土真宗どすが、いろんな宗派の方がお見えどす。そこに掲示板があるので、貼り紙をしてはどうでっしゃろ」

張りのあるきれいな声だった。〝金の声〟といわれているとは、後に知ったことだった。さっそく紙と硯が運ばれてきた。

御雇願。当方、漢学と書に心得ある者にて、私塾の学僕を願候。

青森県士族安田貞謹。石狩通り吉田義一宅気付。

「ほう、立派な文字どすな。これならば、きっとあなた様を望むお方が現れるでしょう」

「ありがとうございます。昨日着いたばかりで、さっそく希望が見えてきました」

いくばくかの布施を包んで、寺を後にした。

弾んだ気持ちで、戻り道を歩いていると、ふと古着屋が目についた。そうだ、こんな二重廻しがあれば源三に買ってやろう。冬旅に必要だ。入り口を入ろうとした時、中から大声で怒鳴る声がして、男達が走り出てきた。逃げるように真っ先に出てきたのは、長くて白い顎鬚に深く窪ん

だ目、幅広のマタンプシを頭に巻いた古老だった。

「太え野郎だ。和人の店に入るのか。さっさと帰《け》えれ」

三人の男がののしりながら追いかけてきた。浪人風情、内地の食い詰め者だ。北海道にくれば食えると、甘い予測でやってきた者達。明治維新は多くの貧民をつくったが、この者らもそういう連中だ。

「何をする」

思わず貞謹は老人の後ろに立ちはだかった。三人は貞謹をにらみつけたが、腰の大小に気付くと、「今に見てやがれ」「後でチャランケつけてやる」などと、口汚くののしりながら、逃げていった。古老はしきりに頭を下げて何か呟き、去っていった。

買い物をする気も失せて、吉田の家に帰り、この一件を話した。

「そうかい、困ったもんださ。内地の食い詰めもんが大勢きてるからねえ。我々和人がこの地に住めるようになったのは、アイヌの人達がいろいろ教えてくれたおかげなんだ。松前藩の時代よりももっと前からだよ。鮭の取り方干し方、猛獣の危害を防ぐ方法、薬草の見分け方から獣の皮のなめし方まで、いろいろとだよ。あとから来た和人は、その恩を忘れてはならんではないかい」

「文字がなくて、昔からの狩猟生活を止めないと聞いていますが」

「そうなんださ。和人の言葉の読み書きができる者は少ない。そこを利用する、あくどい和人が跡を絶たないのさ。たとえばだよ、にしんなんか買う時、『始めに』って、一本とるのさ。それから『一本、二本、三本』ていって、最後に『おしまい』ってまた取る。だからさ、三本の代金で五本とるんだ」

「ひどい話だ。新政府は、『四民平等』と謳っているというのに」

「連中のような浪人風情だけでなく、腰に大小を差して、明らかに士分と分かる者までも、ひどいことをする。武士も地に落ちたと松本様も嘆いておられるのさ」

「あの浪人達も、時代の流れの中で職を失い、居場所をなくしてこっちにきたんでしょうが。やはり、ここにきてもいいことはなかった……。開拓にきたはずが、ただのならず者になって、前から居た人達を馬鹿にし、差別し、横取りする。新政府がちゃんとした雇用計画を立てないからですよ。やっぱり教育が必要です。アイヌの人達にも、読み書き、そろばんなど、和人と同じものを」

「それがさあ、ちょっといいにくいんだが、判官様はアイヌの人達には独自の歴史や文化、ま、やり方だなね、そういうもんがあるべさと。平等ってもんも、一緒にすればいいってことじゃないんだと。だからさ、和人のやり方を無理強いしてはならんちゅうお考えだ」

「民族固有のものを壊してはいけない。それは私にも分かる。しかし、それでは無礼な和人に対抗できないじゃないですか……」

「わたしらにはよう分からん、難しい問題ださ。どうやったら共存共栄ができるのか……、安田さんはまだ若いから血気にはやっておられるけどさ。まずは、いろんな人の意見を聞いてさ、判官様の意向に沿うようにお頼みしますよ」

先住民の歴史や文化を大切にしながら、和人と同じ知識を持ち、騙されたり狼藉を受けたりしないようにする。それにはどうすればいいのか。やはり教育ではないのか……。しかし教育は、あの人達の文化を破壊するのか……。重い課題を抱えた日だった。新天地は、単純な開拓だけではなかった。

翌日、別の古着屋で二重廻しを買い、それを着せて源三を七戸に帰した。海が時化ないうちに、急ぎの帰路であった。

3 夢に向かう一歩

十二月に入ると、毎日大雪が降って、痛いほどの寒さが襲ってきた。

「これは根雪になるなあ」

貞謹は、同宿の人達と毎日雪かきをし、時に木刀で軽く打ち合いをしたりして過ごした。判官様を頼った人達だけに、庄内藩出が多く、その言葉遣いに本多を思い出すことも多かった。本多には、無事到着と宿舎の礼をこめた手紙を薬売りに託した。

年末近くなって、中年の男が尋ねてきた。本願寺の貼り紙を見たという。さっそく、部屋にあがってもらった。

「拙者、あいや、私は、前川龍之丞と申します。昨年渡道しまして、私塾を開いております。仙台藩の士族です。本願寺の貼り紙が、見事な文字だったので会いにきました」

聞くと、その塾は至誠館といい本願寺近くにある。

「現在五十数名の子どもらが通っていますが、最近希望が多くて、分塾をつくりたいと思っていました」

願ってもない話である。年の頃は、三十代半ばだろうか。小柄だが、肩や袴の下の腰が張っていて、さぞ剣術の腕は確かに違いない。だが、その顔は柔和で、いかにも子どもが好き、というような親しみのある物腰だった。わずかな間にこれだけの子どもを集められたのは、このにじみ出る温かい雰囲気のおかげだろう。厳しいだけがいいのではない。学ばなくてはならないと貞謹は思った。

貞謹は安井先生の推薦状を見せ、「田間慟哭の声」を話した。

「それは安井息軒先生が仙台を旅した時のものです。飢饉が続き、悲惨な有様でした。先生のおかげで、民の悲惨さが世に明らかになりました」

「私も七戸で悲惨を見てきました。このようなことのない世の中を求めて、北海道を志しました。先生は、お一人でこちらに？」

「私は三男で、妻子を長男に預けてここにきました。開拓は独り身でないと危ないと思ったからですが、最近の様子では、そろそろ迎えに行こうかと。その間の留守も頼みたい」

「北海道開拓の大事業を成功させないと、我々には未来がありません。安田家は江戸詰め大名南部美作守信民公の家臣で、江戸育ちです。私は開成所に通い、西周先生の教えも受けました」

「それは奇遇だ。前川家は仙台藩の江戸蔵屋敷にご奉公していた者です。では、同じ江戸の空気を吸っていたわけだ」

どうりで言葉が、江戸なまりであった。

「前川先生。是非とも私をお雇いください。こんな偶然があるとは。本願寺さんの仏縁のおかげです」

貞謹は深く頭を下げた。お互い硬さがほぐれた。意気投合した高揚感があった。さっそく連れ立って、至誠館に向かった。

そこは貞謹の知る寺子屋とはまったく違っていた。板敷きの部屋に、横に長い立ち机とやはり横に長い腰掛があり、子どもなら五人が腰掛けられた。それが八組あった。

「午前と午後の二組に分けていて、今は午前が三十人、午後は年長の子中心で二十人ちょっと。五〇分授業ですが、全体の授業時間も長くしています。働く子のために、夜もやりたいんですが、まだ、様子見です。今は、この雪だから、冬休みにしてます。これから北海道も妻帯者が増えるでしょうから、ますます忙しくなるでしょう」

「渡道して、一年でこれほどになるとは。それで教える内容は？」

「読み書きは、手本を自分で作っています。今はまだ論語が中心ですが、やがて書き方、読み方なども教えていきます。洋算を教えて欲しいという要望も多くて、それもやっています。でもまだ九九図は和数字ですよ」

壁にはカタカナのアイウエオを大きな紙に書いた掛図が貼ってある。

前川の筆跡と見える大きな墨書を、何枚も壁に貼ってあった。


至誠にして動かざる者は未だこれあらざるなり

「孟子ですね。見事なご手跡です」

「いや、お恥ずかしい。子ども達には、真心を尽くせば人の心は動くと、教えています」

開拓使の仮本庁舎で見たようなガラス窓がはめ込まれ、似たような鉄の箱と煙突があった。側には薪や小枝の束が積んであった。ここにも、最近しきりにいわれる西洋式、〝文明開化〟の匂いがあった。

「これはストーブというものですよ。石炭を燃やすものもあるんですが、高くてね。薪でも、火鉢なんかとは全然違う暖かさですよ」

その日決めたことは、お互いを知るためにも、しばらく貞謹がここに通い、助手として手伝いながら、私塾のやり方を学び、分塾は春になってからにすることだった。給金は当分三円とした。授業料は、一人十五銭が妥当だということだった。生徒が増えれば、給金を上げていこうという申し出だった。

「ところで、あなたは教育とはどのようなものとお考えですか」

前川が、突然聞いてきた。貞謹も即答した。

「教育とは、官憲に奉ずるものにはあらず、ましてや、自己の栄誉栄華のために使うものにあらず。己の人生をより人生たらしめ、生涯にわたり人民に益する業をなすための基礎を作ることだと思います。とくに初等教育にあっては、何よりも子どもを信じて、慈しむことです。あどけない目に、まっさらな心に、学ぶ楽しさや喜びを教え、未来を前向きに志向する人間に育てていくものと思います。前川先生はいかがか」

「私も、同じです。それぞれの人の人生を豊かにするためにあると思います。教育についてのお考えが同じと知って、安心しました。とにかく子どもを可愛がることです。時には厳しくすることも大事ですが、子どもとともに考え、子どもの意見を尊重することです」

「厳しいだけが教育ではないということですね。北海道は開拓に従事する、優れた人材を育てていかなければなりませんね。やはり知識が大事ですから、ある面では厳しさも必要でしょう。学びを積み重ねることによって、人性が鍛えられるのではないでしょうか。その基礎は初等教育にあると思っています」

「やがてこの地を開拓して、日本を支える大地となすような人物が育っていくでしょう。楽しみなことです」

「安井息軒先生は、いずれこの北海道に日本有数の大きな町ができるだろうと、断言しておられましたよ」

「そうですか。それは嬉しい予言ですな」

二人は、声を揃えて笑った。貞謹は未来が見えてきたと思った。

貞謹の胸には、過日の古着屋でのこと、吉田との会話が思い出された。彼らにとって、和人の教育がいいのかどうか。差別をなくすには、どうすればいいのか。いつの日か、前川の意見を聞いてみようと思った。

帰り道、貞謹は本願寺に行き、上人様にこの成り行きを伝えた。

「仏縁ですね。阿弥陀如来様のご加護がありますように」

若い上人は頬を輝かせていい、数珠を手繰った。

「ありがとうございました。貼り紙を剝がさせていただきます」

安田家の菩提寺は甲斐の放光寺、真言宗である。しかしこれからは、本願寺を心の菩提寺としてお参りさせていただこうと思った。

年が明けて三月も末になった。さしもの大雪も解け始めた頃、早朝、ただならぬ喚声と馬のいななきやひずめの音が、道を走っていった。何事か、貞謹は飛び起きた。

「火事だ！」

人々の大声が続き、宿舎の者は全員が外に飛び出した。

目の前を高官らしき男達の一群が、八尺くらいの白木綿地に「御用火事」と大書きした旗竿を背にし、ひずめの音を響かせて走り去っていった。

「何だ？　御用火事とは何だ？」

他にも、「火付け隊」「火消し隊」などと書かれた白旗を背負った少年達が、走り抜ける。あちこちから火煙が上がり、雲のように空に広がっている。草の燃える匂いが充満していた。町中が火事だった。焼け出された人々の泣き叫ぶ声や、逃げ惑う人々、野次馬達を追い払う役人の大声などで、騒然としていた。

「これは何事だ。なぜ役人が町民の家を焼くのだ？　こんなことが許されるのか？」

後で知ったことだが、岩村判官は常々笹小屋を作らせまいと、改造や家作資金として百円を下賜していた。しかし金だけ貰って笹小屋住まいをする者が絶えず、それならば焼いてしまえというのが判官の考えだった。判官自身が旗竿を背に、先頭を切ったという。

「乱暴な」という意見と「快挙だ」という意見とがあった。御用火事の後、町は本建築の家が増え、一段と大きくなっていった。

至誠館の分塾は、三月末になって決まった。場所を離した方がいいという前川の案で、建設が進む開拓使札幌本庁近くの民家を選んだ。そこも板敷きで、窓にはガラスもあったが、本塾よりも狭くて、長机は、六つ。せいぜい三十人というところだ。これを、午前午後に分け、やがては夜学にも広げていく。その家の一隅に貞謹も移り住むことにした。「至誠館分塾」、大きく墨書した看板を掲げた。いよいよ自立した仕事の始まりだ。

「吉田さん、長きにわたりお世話になりました。何もかも松本判官様とあなた様のおかげです」

この成り行きを一番喜んでくれたのは、吉田だった。挨拶しながら、涙がにじんだ。海を越えた時の心細さ、原始林への驚きと恐れ、想像を超える寒風の厳しさ、いろいろ思い出される。移住して四カ月ほどで、生きる目処が立った。

「いやいや、あなた様の力です。これからは子弟も増えるでしょう。これからは先生と呼びましょう」

吉田が改まった言葉で返してくれた。

「判官様がお帰りになったら、必ず知らせてください」

貞謹はさっそく開拓使に出向き、あの薩摩人を探して、分塾のことを伝えた。

「ほんま、良かこつでごわすな。拙者、岩崎仁太と申し、倅は仁太郎でごわす。さっそく妻女にいいつけて倅を行かせますれば、よろしお頼み申す」

目を細くして、いかつい頬を崩した。親は新時代の教育を求めていると、改めて貞謹は思った。

秋になって、暦が変わるという知らせが町中に広がった。

「明治五（一八七二）年の十二月三日が、六年の一月一日になるんだと」

「これまでの暦は陰暦といって、新しい暦を陽暦とか、新暦とかいうそうださ」

「そんじゃ、大根急いで漬けなくちゃ。新しい正月に間に合わないしょ。なんとも慌しい話だべさ」

子ども達の親も、会えばその話で持ちきりだった。

「ご一新以来、何もかも変わっちゃったけど、暦まで変わるのかいねえ。〝一週間〟というものができて日曜日というものもあるそうだよ。なんでも西洋式にしていいんだべか。ねえ」

4　函館小学教科伝習所へ

思いがけなく本多新が訪ねてきたのは、その陽暦で新年になって間もない頃の昼過ぎだった。

「やあ、探したぞ」

懐かしい声に飛び出してみると、小雪が降る中に本多が立っていた。日焼けして赤黒くなった頬で笑っている。洋装して、丈の長い上着を着ている。丸い帽子を頭にかぶり、首には毛皮を巻いていた。背には袋のようなものを背負っている。

「本多さん！　驚いたなあ。北海道にくるとは聞いていたけど、まさかこんなに早く。どうしたんですか、その洋装は」

驚きと嬉しさで、舌がもつれた。

「わしも、三十、而立《じりつ》を迎えてな。いよいよ、本懐に向かって出発したのよ。これか？　これはオーバーちゅうてな、どえらくぬくいもんじゃ」

聞くと、薩摩藩士のつてを得て、開拓次官の黒田清隆様への添え状を貰い、昨年の旧暦の三月には函館に着いたという。黒田次官には会えなかったそうだが、その後札幌本道の開削工事に携わったりした。十一月末になって函館に戻り、たまたま小樽に出る船があったので、札幌に行ってみようと思ったという。赤黒くなった頬が、その工事の困難な日々を物語っていた。

「やっぱし、札幌はでかいな。しかしわしはな、室蘭ちゅうところに行ってな、ここは将来有望な港町だと思ったのよ。わし、また室蘭に行って、そこで商いをするつもりじゃ」

「ま、立ち話ではなんだから、とにかく中に入って」

冬休み中なので子ども達はいなかったが、ストーブは焚いていた。ストーブに煙突でつながっている大きな湯沸し器から、鉄瓶に湯をとって茶を入れた。本多は教室を見回して、

「なかなかやってるじゃないか。札幌にきて、どのくらいになる」

「一年ちょっとです。この分塾はやり始めて十カ月近くになります。仙台からきた前川先生と

いう方のお世話で」

「ほう。いいめぐり合わせだったんじゃなあ」

「それよりも何よりも、三計塾でのお礼がまだでした。その節はお世話になりました。ろくにお礼もいわないで七戸に行ってしまい、心苦しく思っていました。息軒先生は元気ですか」

本多は、ふうふうと湯飲みのお茶を飲んでいたが、大きく手を振って、

「礼なんていいの、いいの。しかしあんたは、相変わらず物いいが硬いのう。もちっと気楽に喋らんかい」

「いや、これが性分でして」

「息軒先生は元気じゃが、ま、お年だから、衰弱がなあ。それでなかなか離れられないで、ぐずぐずしてしまったんじゃ。先生はお前のことも心配しておったぞ」

「ありがたいことです。さっそくお便りします。それで、室蘭では、何をなさるんです？　室蘭は、南部藩の警護地でした」

「港町で船便が多いからな、沖の工事や道路工事の連中が集まるのさ。まずは風呂屋をやりたいのよ。清潔が第一、病を流行らせないというのは、息軒先生の悲願だからな。それに合わせて、木賃宿か旅籠屋と、思うておるんじゃ。居酒屋もやりたい」

「病気を流行らせない、本多さんなればこその息軒先生への恩返しですね」

「とにかく、町中が不潔だ。道路で立ち小便はするし、唾は吐くし。札幌でも同じだろう。室

蘭には札幌通りというのがあってな、その辺に建てる予定でおる。しかもだ、この冬で中断してしまったが、札幌本道という工事をやっておる。ケプロンとか数人のお雇い外国人が計画した。わしも関わっておった。それが開通すれば、室蘭が札幌の玄関口になるぞ」

夕方になって、近くの寿司屋に案内し、酒を飲んだ。

「このあたりの人は、寿司を『握り』といわない。『生寿司』っていうんです」

「おう。生には違いねえや」

友人、知人の話をし、別れて後の来し方、この土地の言葉や風習など、話は弾んだ。しばらくして、本多が声を改めて、

「そうそう、去年の八月に出た学制令を知っているか」

「えっ、そうですか。知りませんでしたが、それはありがたい。新政府もやるもんだ」

明治二（一八六九）年に新政府は、「庶民を対象とする小学校設置を奨励する」という布告を出しているが、これはそれを法令で定め、小学教育に本腰をいれるつもりのようだ。つまり、明治五年の「学制令」である。

「そうか。ここまでは知らせがないのか。しかし開拓使に行けば、通達はきてるだろう。わしも細かくは知らんが、初等教育から高等教育まで、じつに細かく決めてあるそうだ。子どもには『小学校』ができる。下等と上等とがある。お前さんも私塾を開いたんなら、そのくらいのこと

は知っておけ」

分塾の知らせに開拓使の岩崎のところに行ったが、何もいってなかった。あの頃は、まだ知らせが届いていなかったのかもしれない。息子の仁太郎は通わせてくれた。その後は分塾を軌道に乗せることに忙しくて、しばらく開拓使には行っていなかった。うかつだった。

「南部の鈍牛といわれた父の息子なれば」

「しかしいくら鈍牛でも、教育に携わる以上は、開拓使にちょくちょく顔出しておけ。その学制令の序文には、こう書いてあるそうだ。『邑《ムラ》に不學の戸なく家に不學の人なからしめん事を期す』と。いいじゃないか、おい。これまで武士の学問には藩校、町人は寺子屋だったが、これからは『国民皆学』だそうだ。わしも金ができたら、室蘭に小学校をつくるぞ。しかし、政府からいい出しておいて、授業料をとるんだと。受益者負担ってものが原則なんだとさ」

相変わらず情報通で熱情の男、希望が身体に張り付いているような本多だった。

「それじゃ、私塾と同じく金がかかる。やっぱり一部の者しか勉強できないのではないか」

「そうだなあ。そこが難問だ」

本多の来札の目的は詳しく聞いていないが、もしかしたら、これを知らせにわざわざ遠路をきてくれたのではないか、そう思うと本多の情の篤さに目が潤んだ。

「おいどうした。何だ、その顔は。しっかりせんか。世の中は音を立てて変わっておるぞ」

「私は長男ゆえ兄を持ちませんが、本多さんはまさに兄、兄以上の兄です。私は今私塾をやっていますが、やがては小学校で教鞭を取りたいと思います」

七歳年上の本多は、兄以上の心の支えだった。渡道以来一年間の不安や孤独が癒されて、温かいもので、胸が満たされた。

その後は新橋から横浜に開通したという陸蒸気の話、江戸、いや東京の町名が変わり、中でも新両替町と三〇間堀西側を合わせて「銀座」というものになって、一丁目から四丁目までできたという話にも驚いた。

「ご一新で私の運命が変わりましたけれど、この国もどんどん変わっていくんですね」

「そうだ。東京じゃ、『文明開化の音がする』といってるさ。これからは北海道の未来も変わっていくぞ」

その夜本多は至誠館に泊まり、翌朝、用事があると帰っていった。急いで函館に戻り、そこからまた船で室蘭に渡るという。

「どうぞ、道中気をつけて。私もそのうちに室蘭に伺います」


至誠館分塾は、家族連れの移住が増えるにつれて生徒が増え、分塾も一日二回に分けるだけでは足りなくなり、夜も授業を行うようになった。士族の子ども達が多く、勤勉で素直だった。全体に女の子は少なく、中には子守りしながらくる商家の子もいたが、貞謹はどんな子でも受け入れた。中には、しもやけで手がひび割れて、筆が持てない子もいた。

「学びたい心に、貴賤はなし」

この間、開拓使札幌本庁舎が完成した。白木を横に組み立てた壁で、二階建てだった。一階にも二階にも縦長の窓が並び、それが緑色で縁取られている。二階の上には、八角形の望楼が聳え、その上には、青地に赤の星型を染めた「北辰旗」がたなびいていた。望楼も窓には緑色の縁取りがあり、西洋文明の妖精のようなものが、大地に降り立ったかのように見えた。開拓の象徴にも見えた。文明開化とは、こういう洋風の建物が並ぶものなのかと、世の中が変わっていくことを予感させた。町の人々は口々にいいあった。

「本庁舎を見たかい？　きれいだよう」

見物に集まった人々は、皆こう称えた。

「たまげたねえ。西洋が引越ししてきたかと思ったさ」

「まてな（丁寧な）な仕事らしいねえ。たいしたもんださ」

開拓の大黒柱ができたようで、ともすれば身の落魄を嘆く人の多い札幌の地に、希望の光がともったかのようだった。

明治八年九月になって、開拓使の学務係から呼び出しがあった。

「至誠館も繁盛しておるようだのう。評判はなかなかよか。岩崎の息子も通っておるそうじゃな。喜んでおるぞ」

仁太郎は、瞳のよく光る利発で勉強熱心な子だった。子どもには薩長土肥もないと、すべての子に平等に接している。

「そこで、おぬしを開拓使雇いとして、雨龍《うりゅうこう》黌の漢学方教師とする。俸給は七円だ」

驚いている貞謹に、役人はいった。

「学制令のことは聞き及びであろう。ただ、北海道は開拓いまだ完成とはいえず、適用外とされてきた。しかし、函館にこの四月に最初の小学校、会所学校を設立した。今後、この学校に準拠して小学校をつくっていく」

札幌には、明治四年の十月に大場恭平先生が開塾した資生館があった。当初は入校条件を十二歳から二十二歳としたもので、教授内容も高度なものであったが、明治五年十月に組織を改めて、十一月には札幌学校と称することになった。学制令を受けたものといわれた。ところが、東京にあった開拓使仮学校が札幌に移転し、札幌学校となったため、こちらの札幌学校は、雨龍通り（北一条東二丁目）に改築移転し、そのため雨龍黌（校）といわれていた。やがて改称されて、公立第一小学校といわれるようになる。

「雨龍黌は、漢学、習字、算数などを教えておるが、初等教育機関としてはいささか高度だ。小学校とするからには、改革が必要である。開拓の成否は、初等教育にある。おぬしの活躍に期待する」

いつかは、官立の学校に奉職をと思っていたことだが、予想よりも早かった。これで生活の基盤は強固なものになる。

夜になって、貞謹は前川を訪ねて、このことを話した。

「それは朗報ですよ。安田先生。これから私塾はどんどん小学校になっていきますよ。まずは先生が先鞭をつけてください」

その頃札幌には、いくつかの私塾がつくられていた。明治五年一月、市中教育所が安達正平により、その後明治五年には善俗堂が杉山順により、時習館が三木勉により、教育所が武藤有橋により開かれていた。明治八年になって、夜学校が屯田兵有志によって開かれた。

「ようやく学制令が、北海道にも届いてきましたね。私もやがて至誠館が小学校になるよう、努力しますよ。後任のことは心配しないでください。じつは、希望者がたくさんいますから」

「ほんとうに窮地を救っていただき、お世話になりました」

他にも知らせたいことがあった。開拓使に出向いた時、函館と福山に新しく小学教科伝習所がつくられ、官費によって小学校教員の養成を受けられると知った。官費は五円。身体強壮にして、種痘あるいは天然痘をしたる者という条件があった。厳しい規則があるにしろ、寮が用意されている。期間は九カ月。貞謹も申請書と履歴書を出してきた。前川はそれを聞くと、

「それはすばらしい。やはり新時代の教育は私塾とは違ったやり方が必要でしょう。私もやがて学びたいと思いますよ」

年末になって、伝習所への派遣生決定の知らせが届いた。年明けてすぐ、九日には函館に出頭

せよという。

　刀の所持を禁止する、「廃刀令」が出るという噂があった。「脱刀令」だけでは、いまだに刀を振り回す者が絶えず、文明開化とはいえないというのが理由だった。武士の世は完全に終わる。お歯黒も禁止になった。過去を切り捨てていくのが、維新なのだ。貞謹は、大小を長持ちの底に収めた。身を吹き抜けていく淋しさがあった。

　時代は音を立てて変わっていく。その変化の最前線を学ぶために函館に行く。慌ただしく荷物をまとめて大雪の中を、指定された日時に船に乗るべく、小樽に向かった。二度目の函館行きだった。

第三章　教育者としての出発

1　本多の誘い

函館にしては暑い日だった。小学教科伝習所での生活もあと二カ月で終わるという七月の夕方、本多新が宿舎に突然やってきた。貞謹の顔を見るなり、挨拶も抜きに切り出した。たちまち目に涙が盛り上がり、叫ぶような声でいった。

「おい、悔しいじゃないか。松本大判官様が、庄内の鶴岡に帰ることになった！」

「えっ。それはまた、なして。開拓使を辞められたんですか？」

貞謹も驚いて叫んだ。

松本十郎様は、貞謹にとって札幌入りの恩人だった。手篤いお手配があったからこそ、あの年の冬を越せたのだ。根室からお帰りの時挨拶に伺い、そのお人柄にも触れることができた。広い額に、太い眉、濃い顎鬚、一重まぶたの目が精悍な印象だった。意志の強さと情愛を湛えた風貌。まだ四十歳ぐらいに見えた。

「黒田長官に裏切られた。松本様はご立腹のあまり、辞表を叩きつけたのだっ」

聞けば、第三代開拓長官、黒田清隆は樺太アイヌを強制的に北海道に移住させ、農耕をさせる策に出た。松本大判官は反対した。

「漁業や狩で生きてきた彼らは、農耕には馴染みがなく、疲労と飢えを招くものだと、何度も説明した。それをなぜか長官は受け入れなかった。結果は、松本様のいう通りになってしまった。慣れない生活の上に病が広がり、多くの人々が次々に斃《たお》れて死んだのだ」

かつての箱館戦争の時、黒田様は頭を丸坊主にして、榎本武揚様の命を救ったと聞いているが、いったいどうして、こんな乱暴な移住政策をとったのだろう。

「大判官様の怒りはすさまじくてのう、職を賭して抗議したんじゃが、売り言葉に買い言葉じゃ、それなら辞めろ、辞めてやるということになったそうだ。わしは、札幌からずっと随行して函館まできたんじゃが、ここでお別れだ。さきほど船に乗られたのよ。鶴岡にお帰りになる」

本多は宿舎の玄関の土間に膝をつき、肩を震わせた。胸をかきむしらんばかりに、

「悔しいじゃないか。おい、安田、悔しくないか。よくも、よくも大判官様を……。アイヌの連中の命を奪っておいて」

貞謹も呆然として、しゃがみこんだ。胸の支えが折れたような感じだ。

「本多さん、こんなことが許されるのか。人の命に関わることではないか。これは開拓に名を借りたアイヌ文化の破壊だ。民族迫害だ。あの連中は、歴史も文化も何も分からないくせに」

貞謹は、古着屋の一件が忘れられない。負けた者達が、さらに異文化の弱い立場の者を迫害していた、あの貧しい浪人ども。

「本多さん、辛いなあ。悔しいなあ。連中はしきりに和魂洋才なんぞといっているが、和魂すら捨てようとしている。和魂にはもっと深いものがある。慈悲深くて、至誠があるはずだ」

貞謹もまた、泣いた。維新以来の運命の変転、松本様の縁故を頼っての新天地。その地から星がいなくなった。開拓使札幌本庁にたなびく北辰旗が、むなしく思えた。

この伝習所にきて、知ったことがあった。薩摩も長州も、幕末、鎖国の禁を犯して、西洋に留学生を送っていたというのである。一五人の薩摩スチュウデント（他に使節団四人）、長州は五人だったので、長州ファイブといわれた。どうりで西洋の文物に詳しいはずだ。密かに開国の準備をしながら尊王攘夷を謳い、最後は錦の御旗を掲げて開国し、政治の実権を握った。関ヶ原以来の徳川家への怨念があるとはいえ、あまりに面従腹背、人の正義を無視したやり方でないか。

薩摩の留学生の中に、五代友厚という男がいて、これが黒田の事業を助けていると聞く。黒田自身も明治に入って岩倉使節団に加わった。西洋化を望む連中にとっては、先住民族が文字も持たず、入墨や熊送り祭りをすることは、野蛮で非文明なものなのだろう。

「我々は彼らの土地に勝手に入り込んできた者です。生きるために止むなくこの地にきた自分らも、加害者なんです。しかし、帰れといわれても、帰るところはない。だから、差別とか弾圧なんてとんでもないことです。彼らの生活や文化を尊重しなければならない。和人のやり方に変えようとすることこそが、無知で野蛮なのではないか」

そうだ、吉田さんはどうされただろうか。

「松本様の帰郷準備で一足先にお帰りになった。後の始末は若い者にさせると」

「そうですか……。お世話になった。人情の篤い人でした」

先にきた者が、後からきた人を助ける――、この言葉は忘れない。自分もそのようにして生きていこう。

やがて、本多が立ち上がり、二人は外に出た。ぶらぶらと坂を下りながら、港に向かった。

「しばらく見ないうちに函館も随分とハイカラになったもんだ。二階建てのしゃれた洋館があったから入ってみたら、本屋だったよ。函館魁文舎だと。新聞縦覧所もあった。それで、おい安田、もう一つ話がある。どっか涼しいところに案内しろ。今度はわしが、払うぞ」

海沿いの酒処という暖簾の下がっている店に案内した。結構広い。まだ夕飯には早い時間のせいか、店内は空いていた。二人は、隅に陣取った。

「そこでだ。おぬし、小学教科伝修所で、何を勉強しておる。簡単でいい」

「まずは、授業方法です。藩校や寺子屋のような個別指導ではなく、同じ方向を見させるアメリカ式の一斉授業法です。掛図を使います。東京師範学校の第一回卒業生の城谷成器先生達のご指導で、読み方、書き方、算数などをどう教えるか、などの講義です。難しいのは、いろいろな学力の子がいるなかで、どう子どもの個性や能力を伸ばすかというところです」

「そうだろうな。して、算数は、和算か洋算か」

「それが議論のあるところでした。和数字を使った和算を主張している人もいますが、大方は、洋算を選んでいます。文部省も洋算を採用といっています。でも『加算九九図』は和数字です。読み方では福澤諭吉先生が訳した『童蒙をしへ草、初編』の〝通義〟なんかは人気ですね。これはエゲレスのものらしくて、相当噛み砕かないと初等教育には使えませんが、他に政府が出している小学標準教科書『ちえのいとぐち』『ういまなび』なども使います」

「教師としての自覚とか教授法、こいつが大事なんじゃ」

「そこなんです。授業の組み方とか、幼い者達の心理とか。師弟の礼節とか。修身なんかは絵を見せて答えさせるやり方ですね。『生徒心得』を作ることも指導されていますが少し内容が厳しいかと。地理は北海道に合わせてということです。新政府の方針で、論語なんかは好ましくないとされていて、十八史略なんかも新しい解釈です。ここでの授業についていけないのか、他の理由なのか退学する者が多くて、これからの教師不足が心配されます」

「それでな、わしもいよいよ室蘭に学校をつくることにしたのよ。三〇日だけだったが、札幌で、小学教師の教育も受けた。まずは、借家で開校するつもりだ。仮学校じゃ」

いつもの性急ないい方だった。開業した旅館や風呂屋は順調らしく、そこでいよいよ、学校経営に乗り出すことにしたようだ。貞謹は驚いて聞いた。

「日時は決まっているんですか」

「九月十五日だ。室蘭の札幌通り九十八番地に、橋本平助という者がいて、その家を借りる。二〇坪もある。それでじゃ、問題は金よ。近々天皇様が函館まで巡幸なさるそうだ。函館から船でお帰りだそうだが、太政大臣の三条実美《さねとみ》様は、札幌の病院やビール醸造工場をご高覧なさった後、室蘭までくるってことだ。おかげで、道普請に駆り出されて大忙しだ。わし、その時大臣に会いに行って、学校開設のためのご下賜金を願い出るつもりよ」

「いやあ、本多さんらしい。大胆ですな」

「そりゃそうよ。息軒先生仕込みよ」

本多は、銚子を振って、「おやじ、酒だ」「イカ刺し、持ってこい」と命じた後、大きくため息をついた。

「しかしなあ。いくらわしが、開拓の未来は子どもの教育にあると説いても、室蘭あたりじゃ、子どもが集まらんのさ。そんなもん、無駄じゃといいおる。いくら、学制令のこと喋って、『家に不学の者なし』なんていってみたところで、商売や魚をとったり畑を起こしたりする方が大事ってことよ。ま、分からなくもないが。おい、至誠館では、授業料なんぼとっておった」

「十五銭です。やっぱり払えなくなったと、止めていく子も多くて。入れ替わりが多かった。しかし、学制令でできる官の小学校が、金をとるとは、ひどいですよ」

「だからよ、親の負担を軽くするためにも、ご下賜金が欲しいのさ。それにな、もちっと広い家が欲しくて、画策しているところなんじゃ」

しかし後の話になるが、この三条実美大臣訪問は、失敗した。開拓使の官吏に妨害されたのである。本多は、血の気の多い男で、それが故によく誤解を受けた。明治六年（一八七三）末、「全国の貧民を北海道に移住させる建議書」を太政官内におかれた左院に提出した。それが「朝廷を蔑視」として、開拓使から叱責を受けたのである。その時から、本多には差別的な烙印が押されたのだった。

「それでだ。安田。ここからの帰りに室蘭に寄れ。わしのやり方を見てくれ」

「いいでしょう。行きましょう」

「本格的に室蘭にこんかい。室蘭はこれから発展するぞ。開拓使派遣として、奉職してもらいたいんじゃ。わしから、開拓使に願い出ておく。学校名も決まっておるぞ。常盤学校だ」

「いい名ですね。常盤とは、常に変わらないこと。永久不変だ」

「十一月には、もう少し大きいところに移る。場所は菊池氏っていう人の家だが、了解はとってある。室蘭で初めての小学校として、十一月には開校式を挙げる予定よ。そのうちに立派な本校舎を建ててみせる」

「伝習所を終えたら、また雨龍黌、今は名前を公立第一小学校と変えていますが、その古巣に戻ると考えていました。でも、室蘭でも開拓使雇いならば、同じ身分ですから、安心です。松前藩時代からの南部藩の警護地であれば、ゆかりの者もいるでしょうし」

松本様や吉田さんのいない札幌は、空家のようで寒々しい地だ。

「よろしくお願いします」

未練はなかった。即断即決だった。室蘭に行ってみよう。新しい教育方法の根を、室蘭のその新しい小学校、本多の創る小学校におろしてみよう。

2　常盤学校開校式

九月末、函館小学教科伝習所を終了すると、貞謹は船で室蘭に向かった。町は思った以上に大きく、海沿いにまっすぐに延びた札幌通りと称する道筋には、荒物屋、魚屋、八百屋、料理屋、雑貨屋など生活に必要な商品が揃っていた。家屋の多くが本建築で、一見して景気のいい港町、賑わいのある、将来性豊かな地に思えた。

その札幌通りに面していて、ひときわ大きい二階家が、本多の経営する旅館と風呂屋だった。幅七間はあった。大きな三角屋根の壁には、㊍と記し、右から左への横書きで「創生館」とある。玄関付近にはランプを点すのか洋燈らしきものがあり、それが横書きの文字とも格子戸ともよく合い、この町の活気と西洋文化的な雰囲気とを、かもし出していた。

「よくきた」

本多は飛び出してきて、相好を崩した。いつも元気な男だが、ひときわ活気に満ちていた。

「大きな風呂屋ですね。街燈もハイカラだし、思っていたよりも賑わいのある町ですね」

「そうだろう。それじゃ、さっそく学校に案内するよ」

最初に現在の橋本宅の方に行った。

「まだ生徒は二十名くらいだ。丸山能介先生達が始めた寺子屋が、有珠郷学校に統合となった時、ありがたいことに生徒を譲ってくださった。会津藩のお方だ。ここはわしが教師をしとる」

机も椅子も洋風にしてあって、壁には寺子屋の塗り板とは違う黒い板があった。墨汁の上に柿渋を塗ったものだという。

「黒の塗り板、よく手に入れましたね。いい感じです」

次に行ったのは、十一月開校予定の菊池宅の方だった。こちらは広くて、生徒が多くても受け入れられそうだが、しかし、それも間もなく、手狭になるだろうという気がした。

「三条大臣との会見がうんまくいっておりゃあ、もっとなあ、いい整備ができたんじゃが。開拓使の奴らが邪魔しおって。しかし、いいこともあったぞ。その噂を聞きつけて、寄付が集まりだしたんだ」

聞けば、明治九（一八七六）年わずか人口五一三九人、戸数にして一七八戸というこの小さな町の人達が寄付をしてくれるようになり、もうじき百円になるという。

「町の人が一緒になって悔しがってくれてのう。その金を元手にして、やがて常盤町に本校舎を建てる。教育はおぬしにまかせるが、その場をつくるのは、わしがやる」

「本多さん、あなたという人は……」

掲げた理想に向かってまっしぐらに走る男、それが本多新なのだ。それが故に誤解もされるが、これほどに純粋に走る男がいるだろうか。走って走って、走り抜く。やがて倒れたら、手でもって走るに違いない。これぞ、「漢《おとこ》」というものだ。

「それでわしはこれからますます忙しくなる。商売もだが、なんといっても、憲法制定に向けての民権運動じゃ。内地じゃ、あちこちで草案が作られている。士族や町民、農民、みんな一生懸命だ。農民の中にはオランダ語を勉強して、彼の地の憲法を学んだ者もおるそうじゃ。板垣退助らが『民撰議院設立建白書』を出したことは知っておろうが、この動きを北海道にも広げねばならない。憲法と議会じゃ」

本多にいわれて頭を殴られた思いだった。北海道にきて以来、身を立てることに忙しくて、そういう運動とは遠ざかっていた。風の便りに「民撰議院設立建白書」が数年前に、板垣退助らによって正院の諮問機関である左院に提出されたと聞いていた。「天皇と臣民一体の政体を作るべし、士族や平民（豪農・豪商）に参政権を与え、議会を開設せよ」というものだ。これにより、自由民権の運動に狼煙があがった。

「新しい世とは、民の世なのだ」

その思いが閃光のように貞謹の胸に走った。自由民権こそが、教育と開拓の象徴であるべきだ。憲法は、さらに高みにある希望だ。

「私はここで、教師として身を立てながら、本多さんとともにこの新天地に民権の旗を……」

「安田はぼんやり者だから、時々活を入れんどならん。よく世間を見ておけ。それでだ、十一月に開校式を挙げる時、あんたを校長に任命する。やがて独立した本校舎を常盤町に建てるが、問題は教科と授業料だ」

二人は、創生館に戻った。夕方になって、湯の沸く温かい匂いが風呂屋から漂ってきた。暖簾をくぐる子ども達のはしゃぎ声が気持ちいい。

「本多さん、随分大きいものをつくりましたねえ。流行っているんじゃないですか」

「しかしなあ。資金繰りがなあ。懐ぐあいが火の車なんじゃ。お客に薪拾ってもらってきたり、掃除手伝ってもらったり。夜具が足らんもんで、ごろ寝してもろうたり。金のない者を追い出すわけにもいかんし。なかなか思うようにはいかん。恥ずかしい話だが、赤字続きでのう」

それから、制度と教科の話になった。

小学校下等は四年制で、六歳から十歳あたりまで、その後上等になって、十歳から十四歳までやはり四年制。常盤学校は、まず下等から始めて、順次上等も整備していく。

教科は、書き方、読み方、算術、修身、地理、歴史などが主なものだが、女の子の親からは裁縫、男の子の親からは農業を教えて欲しいという要望もある。将来的には、唱歌や体操も加えていかなければならないだろう。

「まだ国で定めた教科書というものがありませんから、みんな教師の手作り、工夫です。掛図も『九九図』はもちろん、『単語図』などもたくさん作りましたよ。『小学入門教授図解』も用意しました。函館でお話しした福澤先生の、『童蒙をしへ草 初編』の〝通義〟は、私なりに子ども向けに書き直してきました。また東京師範学校では『生徒心得』を厳しく定めていますのでそれを少し易しくして使いたいと」

読み方はカタカナから始める、書き方は習字として、書き順や筆遣いを教える。算術は、洋数字とする。算盤も加える。

「今年から、小学校の休日は日曜日になります」

「そうか。とにかく教材の作成はまかせる。子どもが使う石盤や石筆を用意しないとな。帳面も作りたいんだが紙が高くてさ。それで、授業料だが、親が一番心配しているのは、そこんとこなんだ」

「下等では十五銭、中等で二十銭、上等では二十五銭が、大方のところです。学制令を敷いて強制しながら、親から金をとるのはおかしな話なんですが。他に、道内では冬場の暖房費を十銭程度、取るようです。常盤学校でもそのくらいは必要でしょう」

「教育に金がかかると、親の財力で勉強の機会のある子とない子との差別が広がる。何が四民平等だ。とくに女の子には金をかけん」

「私は、やがては学校にこられない貧しい子や女の子のためにも、何かしたいと思っています。無料の私塾とか、夜学とか」

「そうよ。そこよ、おぬしを見込んだのはそこのところよ。貧しい民にこそ教育だ」

十月も数日過ぎて、いったん札幌に帰って挨拶などしようと準備をしている時に、借りている貞謹の部屋に、本多が飛び込んできて叫んだ。

「先生が亡くなった！　息軒先生が亡くなった！」

「えっ。いつ？」

「手紙には、九月二十三日とある。確かに衰弱はしておったが、意気軒昂でなあ、お元気に見えたんじゃが。お年は数えの七十八歳じゃと。病気のことは書いておらん」

「おいたわしい……。何ということだ。ようやくここまできて、いよいよ先生に恩返しという時に……」

「まったくだ。わし、先生の逆鱗に触れて破門されたこともあったんじゃ。それも二回じゃ。しかしのう、しばらくしてお伺いに行くと、ニヤニヤしていて何もおっしゃらないのよ。先生にこの創生館と常盤学校を見てもらいたかったのう……」

松本十郎様といい安井息軒先生といい、心の支えになる方がいなくなる……、貞謹の胸に何か、冷たい風のようなものが吹き通った。

明治九（一八七六）年十一月十六日。常盤学校の開校式の日がきた。正式に開拓使からの許可が出たのである。薄日は射しているものの、雪の降りそうな寒い日だった。貞謹は、五つ紋の羽織と仙台平の袴で威儀を正して、仮校舎の前に立った。

入学希望の生徒は三九人だった。多くの親や子は、正装してきたが、中には普段着、作業着のようなものもおり、頭に白い手拭いを巻いた子守り姿の女の子もいる。どの子も「学校」というものへの興味と期待で、緊張しているように見えたが、中には鬼ごっこを始めたり、棒切れを拾ってきて振り回したりして、親に叱られているのもいる。その元気な喚声を聞くと、

「この子らの未来のために力を尽くそう」と、身の内から湧き上がってくるものがあった。

貞謹は、開拓使雇四等訓を拝命し、月俸十円となった。他に十二月から助教として寺沢吉三郎が着任する予定だった。

父の声が聞こえる。

「あせらず、地道に、誠実に働け。お前も南部の鈍牛であれ」

貞謹も答える。

「父上、渡道して五年です。ようやくここまできました。もうじきお迎えに参じます。あと少しの辛抱です」

仮校舎の玄関前には、赤と白の旗を二本交差させて結び、高く掲げた。日の丸の旗も一本立て、

金屏風を大きく開いて入り口を飾った。

開校式が始まった。まず本多新が挨拶に立ち、次いで郡長の田村顕允が立ち、開拓使出張所主任の柴沼由之が立った。戸長総代・世話係の三田地新兵衛は、ここに至るまでの苦労話を語った。

「私らの仕事は、住民に教育の必要性を説いて資金を集めることですが、それが思うようにいかないのです。『邑に不學の戸なく家に不學の者なからしめん事を期す』と、寄付帳を持ち歩いて足を棒にしていますが、皆さん貧しいですから。就学率が男子でも半分にいかず、女子にいたっては二割もいきません。この新天地を開拓し、豊かな郷土にするには子どもの教育が第一です。ここにお集まりの親の皆様、日本を文明国にするためにご援助ください」

他に来賓として、病院長の赤城信一や、郡書記などの町の有力者が集まっていた。式典の最後にふたたび本多が立ち、校長として貞謹を紹介した。貞謹も立ち上がった。札幌での前川との会話を思い出しながら挨拶した。

「本多新先生に校長として指名いただきました、開拓使雇い安田貞謹です。教育は国の人材づくりですが、しかしそれは立身出世のためではありません。人生を豊かにし、世の中の人の役に立つ人間になるためです。知識を得ると同時に、豊かな人間性を持つ慈悲深い人間になるよう、私はそういう教育をしたいと思います。私の父は南部の鈍牛といわれた男で、私もこのように不細工な牛であります。非力ですが努めますので、どうぞご支援ください」

会場から笑い声とともに大きな拍手が湧いた。「牛でいいぞ」「頑張れ」「まかせたぞ」などの声も飛び、貞謹は、自分の教育への願いが、この地の人々に受け入れられたと実感し、改めて責任と希望とを感じた。貞謹二十五歳、若い校長だった。

3　白石藩士の娘との見合い

明治十(一八七七)年が明け、雪解けの季節になった。北国にも春がやってくる予感がする日の午後、学校に初老の訪問客があった。

「七戸藩の戸田信介と申します。江戸の藩邸では何回かお見かけしておりましたが、覚えておいでかな」

思いがけない客で、貞謹は驚いた。

「あ、戸田様。これはお久しい。覚えておりますとも。ご一新の節は東京にお残りでは……」

突然の訪問だった。東京に残ったはずの人が今現れた。

「左様。その後北海道にきて、今は幌別にいます。幌別もまた室蘭と同じく南部藩警護の地であり、いささかの知己がありましてな」

「そうでしたか。幌別といえば、白石藩の方々が入植されて」

「そのご苦労のほどは、もう筆舌に尽くしがたいもので。少しのお手伝いのつもりが、腰を下ろしてしまいましたよ。これこの通りまったく農夫の手になり申した」

戸田は黒く節くれだった手を差し出して見せた。刀を鍬に持ち替えて笹の根を切り、巨木を切り倒して畑を作ってきた人の手だった。角ばった顔も浅黒く、小さな身体も痩せていて、日々の労働の厳しさと貧しさとを身にまとっていた。

貞謹もまた札幌にきて以来のことを語った。この地に落ち着くまでの日々。

「本多先生のお導きで、ようやく私も落ち着きました。いえ、ようやく初志に向かって動き出したところです」

「学校の評判もいいようで、よくやりました。安田家の方々はもう皆様、労を厭わない勤勉な方々ですから」

「父は、ご存じのように南部の鈍牛でして、私もまたそれしか取り柄がないようなものです。ただ、黙々と、己の信じる道を歩いています。子どもはほんとうにめんこいもんです。その子達が小さな手を使って学び、学力を身につけて、一日一日成長していくのは、楽しみなことで」

維新前後の江戸の話が続いた。懐かしさと幕府崩壊の悔しさとが交じり合い、胸に込みあがってくるものは語って尽きなかった。

戸田はそういう懐旧の念に区切りをつけて、

「ところで、本日参上しましたのには、用件がありましてな。貴殿に縁談を持ってきたのですよ」

「縁談？」

「学校も軌道に乗ったようですな。しかも開拓使御雇いだ。生活の心配はない。後は、校長としてそろそろ身を固める時ではないかと。じつは、ご父君からも内々に頼まれておりましてな」

「父が……」

考えないわけではなかった。落ち着いたら七戸に残した両親を引き取るが、それには家庭を持っておくことが必要だと思っていた。

「失礼ながら、おいくつになられた」

「この正月で、二十六になりました。北海道にきて以来、いろんな方のお世話になりました」

「先方は白石藩士、桐軍治殿の長女で瑠運《るん》殿と申される。瑠璃の瑠と運命の運と書かれる。文久三（一八六三）年生まれだから数え十五歳です」

瑠運とはまた、随分と凝った名前だ。大切に育てられた娘なのだろう。しかし、十五歳とは。

「十五ですか……」

まだ子どものようなものではないか。しかし、よくいわれるように開拓地は女性が少ない。維新の時娘盛りだった者は大急ぎで縁付かせるか親戚などに預け、親を必要とする幼い娘だけを連れて移住してきた者が多かった。男の子は労働力になるし、危険にも対処出来るが、娘は危なかった。だから今、年頃の娘などめったにいない。従って、歳の離れた結婚をする者が多く、この縁談も珍しい話ではなかった。戸田は重ねていった。

「十五歳とはいえ、歳に不足はありませんよ。なかなか利発でしっかり者です。七戸のご両親にもお伺いしたのですが、お喜びでした。桐家といえば、白石藩の中でもご家老に次ぐ上席のご家系、家格に不足はないというご返事で」

「そうでしたか。父も承知ですか」

「ま、突然の話ですから驚いたでしょうが、今すぐ決めなくてもいいのです。春になったら一度幌別にきて、お会いになってはいかがでしょうか。お決めになるのはそれからでも」

「そういたしましょう」

室蘭と幌別とは五里程度、徒歩でも日帰りができる。馬を使えば簡単だ。決めるのは会ってからでも遅くない。そんな年若い娘が、このずんぐりした体躯の不細工な顔つき、見栄えの良くない男を気に入るだろうか。

白石藩も北海道移住に際しては、苦汁を嘗めたと聞く。会津藩の陸奥移住と斗南藩創設も悲惨であったが、それに劣らぬ辛苦であった。東北の諸藩が嘗めたご一新の苦しみは、どこもかしこも語りつくせないのである。

五月半ばになって、風は清らかに吹き渡っていたが、まだまだ頬に冷たいそんなある日、貞謹は幌別を訪れた。町並みは思っていた以上に整っていたが、しかし、どの家も小さく粗末で、室蘭のような活気はなかった。開拓はまだ途上だった。

桐家が見合いの場だった。桐夫妻は丁寧な物腰で戸田夫婦と貞謹を迎えた。

「この家も仮作りでして、お恥ずかしい次第であんす」

部屋も二間程度か。玄関は土間で、その隅に竈を二つ作ってあった。粗末な箪笥や家具などが置いてあるが、あきらかに急拵えで、剝き出しの板壁とともに寒々しかった。

「慣れぬ開墾の仕事で、家の方までは手が回りませんで」

部屋の中央に炉が切ってあり、その横の板の間に茣蓙を敷き、藁で編んだ円座が置いてあった。貞謹の左隣に戸田、右にその妻が座り、向かいに娘を挟んで両親が座った。

瑠運は、小柄な娘だった。緊張のためか青ざめていた。肌が白く、二重まぶたの目が大きく、頰の線もきりっとしている。どこかまだ幼さが残っているが、表情全体に勝気で強情そうなものがあった。古着屋で買ったかと思われる、着古した絹の訪問着を着ていたが、その華やかな花模様はまるで似合わなかった。

互いの釣り書きを交換している間も、貞謹は瑠運の眼差しが気になってならなかった。この目は何かを訴えている。

父の桐軍治が語りだした。日焼けした無骨な顔と節の突き出た指が、戸田と同じような労働の過酷さを表していた。

「当家につきましては、あらます(し)ことは戸田様からお聞きであんしょうが、白石藩の者を乗せた咸臨丸が、松島湾にある寒風沢《さぶさわ》を出たのは、明治四年九月でがした。一陣と二陣と分けて、おらほらは第一陣、四百名はおりましたかの」

遠くを見るような目で、桐は続けた。

「南部にゆかりのあるあなた様には、いいにくいことながら、仙台藩の支藩であった白石藩は、南部藩によって住むところを奪われたのでがす。新政府が南部に白石の土地へ行けと命じたのでした。南部の人々がなだれ込んできて、我々は居場所を奪われたのでがす」

明治二年、十二代藩主片倉小十郎邦憲家来一同として、新政府に北海道開拓の嘆願書を出した。回答がきたのはその二年後、しかも「移住費用は自分達で調達せよ」、「この五日から七日の間に出立せよ」という厳しい内容のものだった。居場所を奪っておいて、移住を願い出させ、長いこと待たせて突然追い出した。新政府の残酷さを身をもって体験したのが、白石藩だった。

「結局、家財も着る物も、ありったけを売り払って金を作り、身の回りの物だけ持って船に乗ったんでがした。しかも、その咸臨丸が函館沖で座礁した。わずかな物すら海に流してしまったのでがす。函館からは代わりの船で小樽に着いたんであんしたが、寒風の中裸同然、しかも衣服は海水で濡れてしまったんでがんす。開墾掛坂本小主典様から、綿入れの丹前や食料を貰ったのでがす。あんべえ悪くなる者が続出して、何人逝ったもんやらな……。あげくに開拓使は、あんだらが勝手にきだ、なんも聞いておらんと」

開拓判官岩村通俊は、面会した家老の佐藤孝郷らに、素っ気なくいったそうだ。

「あなたがた四百人のことは、本庁では知らないことであった。開拓監事薄井竜之が努力して政府に上申し、受け入れることになった。これから冬になる。春まで石狩で待つように」と。

「この話を聞いた時の家中の悲嘆は、今思い出しても辛い。くる時の船ん中で、子どもがいったそうだ。『おじじさま、なぜ我らは賊軍といわれるのでござりまするか』と。一同、涙にくれたもんでがす。石狩では仮の宿舎を与えれたんでがんしたが、食もわずか、暖をとるにも何もなく、骨を切る寒さでござった。まこと『賊』の扱いであった……。よくぞ生き延びた……。何人が帰らぬ人となったか……。その後開拓使のご指示で、佐藤孝郷様らは『白石村』に、もう一人の家老三木勉様らは『発寒村《はっさむ》』に、殿と私らは幌別の開墾をすることになったんでがす」

桐は、言葉を呑んでしばし黙した。拳を震わせ、当時の屈辱に耐えていた。着の身着のまま北海道にたどりついて、這うようにして生きてきた悲運の一族の地が、幌別だったのだ。瑠運の母志野もまた、しきりに涙を拭きながらいった。

「船に乗った時、瑠運は九歳でがんした。やがてはと思って縫ってであっだもんも売り払ってしまって、ろくな嫁入り支度もできねえ有様でがす。だども、おなごのなすべきごとは、一通り仕込んであるつもりでがす。読み書き、そろばんも教えてがす」

釣り書きを見ると、瑠運の下に、十三歳と十一歳の男子がいた。幼子三人を抱えての渡航であった。旧暦の九月は、だいたい今の十月だ。寒風にさらされ、海水に濡れた身体、どれほどの苦難であったことか。丹前をまとってよろよろと歩く人達。ここにも、田間慟哭の人々がいた。

桐は言葉を継いだ。

「斗南藩の知人から手紙がきて、あまりの苦しさに、方々は『藩をあげての流罪に他ならぬや』といっているそうでがす。私らも同様でのす。まこと流罪でがんした」

貞謹は瑠運の目が何をいっているのかが、分かった。連れていって欲しいといっているのだ。この家から口が一つ減れば暮らしが楽になる、気に入って欲しいといっているのだった。父母と弟を思う必死の目なのだった。瑠運に向かっていった。

「私は二十六歳です。瑠運さんはまだ若い。それでもいいのですか」

瑠運が大きく息をして、深く頷いた。その仕草があまりにもいじらしくて、貞謹は胸にふと灯火が点ったように感じた。利発で気の強い一途な気性、それは貞謹にとって好もしいものに思えた。

昼時になって、簡単な食事と酒席になり、瑠運も台所に立った。

「酒は勝山、仙台伊達家の御用達なれば、お口に合うんでないかと。やがてこういう日がくるかと、竹筒に入れて荷物の底に入れて抱えてきたのでがす」

「いや、それは貴重な酒、畏れ多いことです」

娘を思う親の心が、涙が、胸に染みとおる。それを抑えるようにして、貞謹は尋ねた。

「もう一人のご家老、発寒に行かれた三木勉殿は、学習塾の時習館をつくられた方です。確か明治五年です。この〝時習〟とは、『論語』の巻第一、学而第一、『学びて時にこれを習う』からとったものです。開拓地での子どもの教育への、三木様の熱意が伺える名ですね。根室からお帰りになった松本十郎大判官が視察に訪れたこともあるそうで、その教育内容に感動して、自ら筆を執り掛け軸を贈ったと聞きました」

その頃は、自分も前川さんの援助で至誠館の分塾をやっていた。当時の札幌には、こういう私塾がたくさんあった。その後、こういう私塾が公立小学校となって、その後長く開拓地の子どもの教育の場となった。

「三木様は、文武両道をなすお方でがす。咸臨丸が座礁した時に、海に飛び込んで函館まで助けを求めに行ってくださった。立派なお方でお殿様の信頼も篤かったでがんす。殿様御自ら、視察にも行かれました」

戸田が、吐息をつくようにしていった。

「ほんとうにおいたわしいのは、殿が御身ずから鍬を手にし、土だらけでお働きになっておられることがす。奥方様も同様です。世が世ならば、城中にあって多くの者にかしずかれている方が……。年寄りの中には、やがてご赦免になって白石に帰るなんて申している者もいますが、この地でこうして働く以外に道はないのでがす。故郷は奪われたのでがした」

桐も深くうなずいて、

「だからこそ、ここで育つ子らのために、やがてはこの幌別にも学校をつくりたいもんでがすな」

その日は、返事は双方戸田にということで、見合いは終わった。帰ろうとした時、戸田が馬の側にやってきた。

「アイヌコタン（集落）はこの近くの白老というところに多いのですが、幌別にもコタンがたくさんあります。人口はアイヌの方が多い。じつはそこに常盤学校に子どもを入れたいという者がいるんですよ。夕暮れにはまだ間がありますから、寄っていきませんか。ご案内しますから」

「いいでしょう」

二人は馬首を並べて駆けだした。

4　金成太郎の入学

「その子の名は、金と成るで、カンナリといい、名は太郎です。なかなか利発な子と聞いています。父親は、金成喜蔵《かんなりき》といいまして、その長男です。この男は広く和人とも交易する才知にたけた者です」

「父親の名前は聞いていました。なかなかな人物らしいですな。その子ですが、いくつになります」

「この正月で十二歳でしたかな。そのように財力のある男ですから、学校に入れても授業料を滞納することはないでしょう」

金成の住居《チセ》は、なかなか大きな造りだった。

戸田が声をかけると、濃い顎鬚にふさふさの髪をたなびかせるようにして、恰幅のいい男が出てきた。

「これは、戸田様」

「こちらが、安田校長先生だ」

戸田が、アイヌ語でいった。

「あ、先生。これは、これは。どうぞお入りになって」

髭面が崩れた。目が大きく、彫の深い顔が柔和な笑顔になった。幅の広い、さまざまな色を縫い込んだマタンプシを頭に巻いている。

チセの入り口から見ると、奥真正面に窓があった。戸田の説明によると、神様が出入りなさるそうだ。太い木組みを見せて藁で壁を作り、屋根も藁葺きであった。壁には木幣がびっしりと飾り付けられ、その合間にトウモロコシの干したものや、何かの木の皮が見えた。塗り物の丸い入れ物がいくつも置いてある。

玄関と窓の間に、大きな囲炉裏を切ってあり、天井の横木から何本かの木を組み合わせて、下の段の横木から太い縄で自在鉤をつるし、そこに鍋のようなものを掛けていた。その囲炉裏の周りにアツシ（アットゥシ）を着たたくさんの人が座っていた。女性達は口の周りに、刺青をしていた。既婚の印、お歯黒のようなものなのだろうか。どの顔も色は浅黒いが、彫が深く、目が大きく、くっきりとした顔立ちだった。

「この子が太郎です」

父親が手招きした。頑丈な身体つきの子で、父親似で眉が太く、目が大きい。その聡明な目が、まっすぐに貞謹を見ている。

「勉強したいのか」

戸田が通訳しようとしたが、言葉が分かるようで、太郎ははっきりとうなずいた。

「これまで、勉強したことがあるのかい?」

「少し。ミチ(父)について商いをしている間に、文字や数字を覚えたし、本も少し読んだ」

「和人の言葉は、読み書きができるのだね」

囲炉裏端の女達の中から、アイヌ語の怒声が飛んだ。多分、こういっているのだろう。

「アイヌに勉強なんていらねえ。シャモ(和人)なんか、碌なこと教えねえべ。太郎、学校なんか行くな。騙されるな」

「ユカラ(神謡)だって、鹿の捕り方だって、覚えることはあるべさ。学校なんかに行って、なんぼの得になる。ハボ(母)だって、心配して反対なんだ」

父親が激しい口調でいい返した。

「フチ(祖母)、ハボ、それは違うべ。今や御雇い外国人がきて、農作を教える時代だ。ケプロンちゅう人が、新しい農機具持ってきたべ。去年だったか、クラーク博士って人もきた。シャモは、西洋文明を学んでいる。我々も新しいことを学ぶべきだべ。そうしなければ、アイヌはいつまで経っても馬鹿にされるんだ。太郎は学校にやるべし」

それに答えて、エカシ（祖父）と思われる年寄りが立ち上がった。

「やかましい。何が文明だ。だいたい、誰がシャモにきてくれと頼んだ。勝手にやってきたんだべさ。どれだけ助けてやったか知れんのに、そのお返しがアイヌを馬鹿にし、アイヌを騙し、アイヌのものを取り上げることだったじゃねえのかい。学校なんて許せねえ」

それからはアイヌ語での激しい口論になった。

戸田と貞謹は入り口で、そのやり取りの終わるのを待っていた。アイヌにはアイヌのやり方、文化、歴史、伝統がある。それは守られなければならない。しかし、そこに固執していたのでは、これからの世の中の変化にどう対応していくのか。太郎に教育を授けることが、正しいのかどうか、貞謹にも分からない。このことは前川もいっていた。彼ならば、何というだろうか。しかし貞謹は、本人が学びたいという以上は、その志を育ててやりたいと思った。

やがて父親が和人の言葉でいった。

「エカチ（子ども）には、エカチの思いがある。最後は太郎に決めさせよう。太郎はどうしたい」

太郎も和人の言葉で答えた。きっぱりとした態度だった。

「勉強したい。学校に行きたい。やがては、西洋にも行きたい」

年寄りの間から、悲鳴のような声が上がったが、これで決まった。

「先生。よろしくお願いします」

「太郎君を馬鹿にしたり、騙すようなことは、決して私が許しません。私を信じて預けてくだされば、しっかりと仕込みます。ハボやフチ、エカシもどうぞ安心してください」

その時の話し合いで、太郎はしかるべき家に下宿し、八月の盆休み明けから学校に通うことになった。学力の不足している分は、入学までに貞謹が面倒見ることとした。フチやエカシの鋭い反対を父親が押し切った。それは太郎の意志でもあった。


忙しい日が続いた。婚約が整い、式は夏の休み中に挙げようということになった。さらには、七戸から両親も引き取らねばならなかった。そのための家探しもしなければならない。太郎は、片倉家とも取引のある小杉房吉宅に下宿することになった。学校が始まる前に、勉強も見てやらなければならない。時間がいくらあっても足りなかった。

準備が整って、七戸から両親がやってきた。父も母も老け込んではいたが、思いの他元気だった。父はいった。

「七戸を出てから苦労しただろう。よくぞここまできたものだ。この日をどれほど待っていたか。よし、わしも働くぞ。お前の俸給では、家族四人は食えんからな。何か小商いでもするつもりだ」

母もいった。

「家の中に女が二人いるのは、揉め事の種ですからね。お父様の商いが、武士の商法にならないように、私も一緒に働きながら見張っていますよ」

仲人は戸田夫妻に頼んだ。こうして、ささやかな結婚式を本多の創生館で挙げたのは、八月も半ば過ぎであった。花嫁衣裳も質素なものであったが、瑠運は可憐で美しかった。式の間じゅう、ほろほろと涙をこぼし、それが貞謹の胸もまた濡らしていった。


九月になって太郎が入学した。その勉強への激しい欲求は、あたかも海綿が水を吸うようであった。夜も遅くまで読み方の練習などで机に向かい、毎夜十二時にならなければ寝ないと小杉は語った。

「ランプの油は貴重ですが、思う存分使わせていますよ。太郎は賢いし、勤勉です。やがて師範学校に行きたいようです。なんとか支援していきますよ。我々が、こうやって生き延びたのも、あの人達のおかげですからね」

この言葉をフチやエカシに聞かせてやりたいと思った。太郎の聡明な容貌と礼儀正しい態度は、多くの人々の好感を引き寄せていた。

しばらくした日曜の夜、金成喜蔵が太郎を連れて、貞謹の家に飛び込んできた。父親は激して叫んだ。

「先生。太郎の奴、学校から逃げてきたんだべ。いじめられたか。なんぼ聞いても、ほんとうのことはいわねえ。先生が、学校は休みだといったのか」

「そうですよ。太郎のいう通りですよ。学校は日曜日が休みです。これまで、何回も帰るようにいったのですが、勉強したいと帰りませんでした。それで、今回は無理やり帰したんです」

父親は、髭面を崩し、太い身体を揺すって笑った。

「わっはっは。なんだ。そういうことだったのか。いじめられて逃げてきたんじゃなかったのか。フチもエカシも、室蘭に帰すなと大騒ぎだったんだ。ほんとうのことを確かめたくて、こうやってわしもきた。そうか、太郎のいう通りか。これは失敗だった。わっはっは」

ほっと安心した笑い声が、夜空に弾けた。

「太郎は勤勉で成績も優秀です。誰もいじめたりはしませんよ。裏ではあるかもしれないが、私が許しませんから。しかし、いじめがないように、今後とも、気をつけましょう」

「そうかい。よく勉強しているか。成績優秀か。いかったいかった。さすが太郎だ」

それにしても、子どもの足で往復十里の道のりだ。太郎もまた、なんという頑健な体躯だろう。

「太郎、腹は空いていないか」

貞謹が問うと、彼は止まらぬ笑いを抑えて、

「晩飯は食わせた。てっきり逃げ帰ったと思ったから、腹が立ってならんかったが、飯は別だからな。ま、先生、よろしく頼みます」

そうか、学校は日曜日が休みなのか、金成喜蔵は何度も大笑いしながら、頭を下げて帰っていった。

「さ、早く下宿に帰って寝なさい。太郎、親ってありがたいもんではないか。お前を心配している。今日のことは忘れてはならんよ」

明治十一（一八七八）年八月、常盤学校は、常盤町の新校舎に移転していた。開拓使勧工課の旧官舎を改築したもので、建坪三六坪七合の大きな校舎であった。その時教師は、安田貞謹、寺沢吉三郎の二人、生徒は男子三六人、女子九人の計四五人。貞謹の俸給は、十二円になった。

しかしこの時、北海道は大きな政治的混乱を迎えようとしていた。その渦に、やがて貞謹も巻き込まれていくことになる。

第四章　時代の嵐の中で

1　立会演説会

明治十三（一八八〇）年の正月が明けて間もなく、本多が学校にやってきた。

「今年の正月は、海も荒れず、穏やかだったのう。常盤学校も渡辺君がきてくれて、楽になったようだな。窓も床もきれいだ。彼はよくやっているようで、子どもが明るくなったと父母の評判もいい。奥さんは元気かい？」

前年五月に、准訓の渡辺啓治が、赴任してきた。開校以来の寺沢吉三郎が転出して、貞勤は一人になっていた。

「いつも機嫌のいい元気な男で、惜しみなく働いてくれまして。私一人では手が回らなかったことをやっているし、授業も分担してくれます。何よりも子ども達がなついて、背中に飛びついたり、足にしがみついたりするので、そのたびに驚いたりひっくり返ったり、周囲に笑い声が絶えないのですよ。子どもがいつも群がっていて、手や袴に触りたがる。心から子どもが好きなんですね。親からは威厳がないといわれたりもしますが」

しかし、貞謹は教えられた思いだ。

「子どもの教育にはこういう男がふさわしい。笑いながら、楽しく学ぶ。明朗闊達。それでこそ勉強が身につくというものだ」

ともすれば難しい顔で教えている我が身を、反省したものである。

多くの小学校の校長は、口髭を蓄えていたが、貞謹は絶対に髭はいやだと思っている。権威主義に思えて、教育にはそぐわないではないか。子どもが萎縮してしまう。そんな自分でも渡辺がきてからというもの、子どもの心に溶け込んでいなかったのではないかと、気づかされることが多々あった。

「渡辺君が働き者で助かっていますよ。いい教師です。妻の方もおかげさまで、元気にやっています」

瑠運は、嫁・姑の諍いもなく、素直に姑から料理や茶道などを学んでいる。何か理不尽に思うことがあると、納得するまで貞謹を問い詰める気の強さに、辟易することもあるのだが、しかし夫の両親を大切にするその態度は、揺るがなかった。

「本多さんこそ、風呂屋や旅館を改築して、商売繁盛、弟さんも引き取り、いい正月だったでしょう」

本多は、庄内から二人の弟を引き取り、一人は開拓使に勤めさせ、一人は小樽の商店に就職させた。本多は、大きくうなずき、

「わし、長男だからな。ほっとしたぞ。風呂屋と旅館の改築も、わしの理想に近付いてきた。一度見にこい。それでわしな、借金も清算した。協議費（地方税）も一等になったわい。一等ってな、資産千円以上だぞ」

無邪気に自慢しながら、商才にたけ、自分の信念のために行動する。人への情が篤く、権力への批判も手厳しい。役人に狂人とののしられながらも、果敢に政府の要人に会いに行く。全国を旅して情報を集め、勉強し、仲間と語らう。本多とはそういう男だ。若い頃、過激に走って、息軒先生からは二回も破門されたと聞くが、先生の志を一番受け継いでいるのは、本多ではないか。思えば、あの開成所で隣に座り、弟のように教えてもらったことは、なんという幸運であったろう。その縁が、今日まで続いている。

この時、貞謹の胸に湧きあがった思いがあった。

「私もいつか、自分の理想の小学校を持とう。あの可愛い子らの人生の基礎をしっかり築くような……。自分の信念や子どもへの愛情を表現できるような……、そういう学校を。働く子らへは、無料の夜学もやりたい……」

それは遠い灯のようなものであったが、深く、強く、貞謹の胸に光を点した。

「それでな、安田。わし、また国会開設運動を始めるぞ。国会期成同盟も請願書を出すべく、組織を大きくしようとしている。千葉県の桜井静殿からも運動の呼びかけがきているのだ」

本多は、明治六年にも左院宛に建白書を出している。『全国の貧民を北海道に移住させる義建書』その内容は、真っ正直なものだった。

「日本は未だ万国に並立するあたわざるなり。主上愛民の心足らざるなればなり」。維新後六年経っても、窮民は全国に放置されている。この民を救え、北海道の開拓をすすめよ。主上には、「深く愛民の心を蓄うべし」

天皇に要求を突きつけたこの建白書は、当然のことながら過激だとして、開拓使から突き返された。「不敬に渉り」「身分をわきまえない」として、「正気の者ではない」とされたのである。

こういういきさつがあるというのに、彼はまた建白書を出すという。

「本多さんという人は、自分の信念にどこまでも忠実なんですね」

貞謹はしみじみとしていった。どんなに批判を受けても、挫けない。黙らない。止まらない。

「月末にでも札幌に同志を集めて、議論会をやる。立会演説会だ。手伝ってくれるか」

「勿論です。校務がありますから、日曜日だとありがたいですね」

札幌の大通りに近い旅館、庄内屋の大広間に三十人を超える人達が集まった。女性も四人いた。

貞謹はいつものように入り口に座って、名簿の作成や、参加費、いささかの寄付の受付をしていた。その時、懐かしい声を聞いた。

「やあ、安田先生、その後お達者でしたか」

顔を上げると、至誠館時代の前川龍之丞の、浅黒くて精悍でありながら優しさのこもった笑顔があった。分院をまかせてくれた恩は、今も忘れない。札幌に出るたびに、挨拶に出向いていたが、このところ忙しくて足が遠のいていた。

「やあ、すっかりご無沙汰でした」

「私も今は、開拓使雇いになって、資生館小学校にいるんですよ」

「それはよかった。先生のお力であれば、当然です。先生も本多さんの思想の共鳴者とは、嬉しい限りです。私は、江戸にいた頃から本多さんにはお世話になっていましてね」

思わぬ再会であった。心強い同志がここにもいたと、貞謹は胸が明るくなった。この再会が、思わぬ運命に引きずり込んでいくとは、この時は想像もしないことであった。

本多の挨拶の後に意見交換がはじまった。司会役は、本多の同志が引き受け、貞謹は達筆を見込まれて、書記を頼まれていた。みんな本多の思想に共感しており、意見は白熱した。部屋のあちこちに置かれた火鉢では、鉄瓶が湯気を吹き上げ、茶碗を乗せた盆や土瓶が調理場との間を何回も行き来した。

「『万機公論に決す』は、どうなったのだ。『公論』といえば、選挙で政治家を選ぶのが、当然ではないか。しかるに政府の要職は、薩摩と長州が握っている。この北海道の開拓使はどうだ。

薩摩があらゆる権限を握り、組織を牛耳っているではないか。どこが万機公論だ」

一人が立ち上がってこう述べれば、他の者達も奮起して喋る。

「国の政治は誰がどのようにして決めているのだ。板垣退助さんや江藤新平さんらが左院（当時の立法諮問機関）に出した『民撰議院設立建白書』も無視されたままではないか」

「我々の主張は、人権は天より与えられた普遍的権利だというものである。しかるに、それを曲解して不平士族の不満に過ぎぬと、見下げたもののいいようをする輩が非常に多い。無念ではないか、諸君。我々は、人民による政治形態を要望しているのであって、不平不満を述べ立てているのはない」

「そうだ！」

「その通り！」

「人権は、普遍的権利である！」

大声と拍手があちこちに上がった。拳を振り上げている者もいる。座の後ろの方に座っていた者は、皆立ち上がっていた。会場を揺るがす熱気で、聴衆は沸騰していた。黒田長官批判も出てきた。

「長官は、あの明治二年の箱館戦争の際に、榎本武揚殿の命を救った。将来の日本に役立つと、頭まで丸めて助命嘆願をしてくれた人である。我々は、長官に感謝し尊敬していたが、最近は酒乱がひどいというではないか。何年か前には細君を斬り殺したという噂もある。こういう男に、人権の何たるかが分かるのか」

「国会を開設せよ。憲法を定めよ。我々が、地位も秩禄も奪われた有様で、ご一新に従ったのも、国の姿を新しい仕組みにし、四民平等の社会が実現するのかと思ったからである。我々を裏切るな！」

ほぼ一時間半、こういう意見が続出し、会場はますます熱気を帯びた。やがて本多が立ち上がった。その目には涙が浮かび、頬が紅潮していた。

「今日は多くの意見をいただいて、ありがとう。わが意を強くした。本多、この通り感激しておる。さっそく建白書を作成し元老院に送ります。文面は諸君にも送ります。その後また、立会演説会を開きます。その時はまた参集願います」

何かが爆発したような拍手が起こり、散会となった。そこには、「新天地」といわれ、「開拓精神」と鼓舞されてこの地にやってきた者達の、この国の政治に対するいうにいわれぬ憤怒もまた込められているようだった。

本多は二月に元老院に建白書を送ると同時に、有志に向け詳細な檄文を郵便局宛に送った。しかし、これには受取人の固有名詞がなく、「郵便局寄託先進有志諸賢」となっていた。これで同志に届くと思っていたとは……、ふしぎな行動だった。

2　国会開設運動

当時の小学校には、国で統一した〝学期〟の規定はなかった。各小学校ごとに自由に決めて、九月に新学期を始めて七月末に終わるとか、五月に始めて四月に終わるとか、いろいろだった。貞謹は考えた末、十一月が開校式であったことから、冬場を乗り越えた二月末でいったん区切りにすることにし、三月を休み、四月を一年の初めの新学期とした。江戸の大川沿いでは、桜が一斉に咲き、満開の頃だ。盛り上がる花の風景への郷愁の思いもあった。

本多から五月の第二日曜日にまた立会演説会をすると聞いた時は、一瞬困ったなと思った。ちょうど授業が回転しはじめる頃だからである。何か、胸に小石が一つ転がり込んだような気分だったが、日曜日でもあるし参加することに決めた。校長職も大事だが、未来のこの国の姿に連なる国会や憲法の制定もまた大事だった。

その頃本多は、四月の、町村会法成立を受けて、寿都、島牧、磯谷、歌棄四郡の郡会設置運動の応援もしていた。

その夜も、前と同じ庄内屋の大広間で、前回以上に盛会だった。隣の部屋の障子もはずしてあった。本多の檄文を読んだ者も結構いるらしく、それに呼応する者達が、道内各地から集まり、百名近い人数になっていた。座布団が足りなくて、何回か運び込まれた。茶碗が追加され、土瓶が何回も調理場と広間を往復した。

貞謹はいつものように、受付に座り、参加者の名前や住所を書き留めていた。

「やあ、やはりいましたね」

声がして顔を上げると、前川が立っていた。

「私も、きっとあなたもくると楽しみにしていたんですよ」

前川には連れがいて、元伊達藩（仙台藩）士の高見雄一と紹介された。伊達様は、君臣一体となっての有珠地方の開拓で知られていた。しかし、彼自身は札幌におり、開拓使雇いの小学教師だという。

「それは奇遇ですな。私の妻の実家は伊達支藩白石片倉家に仕えている者です。伊達様のお噂はよく聞いています」

「ならば、バッタの被害がいかなるものか、ご存じでしょう」

「それはもう。悲惨としかいいようがない」

この数年、道東地方で発生したバッタの大群は日高山脈を越えて、道南各地に飛来し、札幌や伊達、幌別も大きな被害にあっていた。高見は激しくいった。

「ひとたび大群が押し寄せると、作物は全滅です。油を撒いて火を点けてもその勢いは衰えない。その火に巻かれて命を落とす者もいる。汗して拓いた土地を捨てて、逃亡する者も数多く出ているというのに、開拓使は何をしているのか。無策も極まる。いったい開拓とは何なのか、開拓精神とは何なのか。我々をこの地に追いやって、ほったらかし。これがご一新の正体ですよ」

高見の後に人が並びだした。

「その話はまた、後で致しましょう」


まず本多が、語りだした。簡単な挨拶の後、

「国会開設運動は、今や全国的な運動になっている。『国会期成同盟』が組織されているのは、諸君も周知であろう。全国二府二二県にわたり、八万七千名余がいる。その代表として、高知の片岡健吉君、福島の河野広中君が、この四月に国会開設を政府に請願した。しかし、これは却下された。『人民に請願の権利なし』というのがその理由である。諸君、これを許せるか」

「人民に請願の権利なしと？」

「なんだ！　それは」

「許せない！」

「薩長、横暴！　新政府は許せない！」

「国会は民権である。民権は人民所有の権であって、政府が拒否するものにあらず！」

会場はいきなり沸騰して、大きな声が飛び交った。本多はそれを制して、

「今日は、三人の弁士に演説をお願いしている。それぞれの意見を聞こうではないか」

一人目が、立ち上がった。高見雄一だった。

「諸君、しっかり聞き給え。内地では世論も大きく動いているが、ここ北海道内では、国会開設の動きがほとんどない。なぜか。北辺にあり、僻地であるために、人民の精神が停滞しているのか。知識が後れているのか。はたまた、移住時に開拓使の世話になったからと、物がいえないのか。しかし、全部違う。開拓の日々を思い出せ！　食うに物なく、着るに衣服なく、血の汗を流し、腕も足も傷だらけで開墾し、その労苦に倒れた者はいかほどであったか。虫の害、獣の害、浮浪人のかっぱらい、人倫ここまで落ちたかという者もいる中で生きてきた。これが開拓の現実であり、人民の現実である。だからこそ我々は、人民の手による国会を要求するのだ。諸君はこの運動をもっともっと広めなければならない！」

高見は茶碗をとってごくりと飲んだ。

「我々の日々はあまりに苦しい。道民が劣っているのではない。この開拓の苦しみ、忍耐の日々が、目の前のことしか考えさせなくしているのだ。開拓途上の不安定が、道民の視野を狭くしている。開拓を安定させるためには、二、三の大臣の知徳よりは、全国三千五百万人民統合の知力、すなわち国会の力が必要だ。国会あってこそ、開拓もすすむというものだ」

大きな拍手が沸き起こり、「よくいった」「その通りだ」などの声が飛び交った。

二人目もまた語った。

「道民にはさまざまな対立がある。諸君、我々は無駄な対立を廃して、心を一つにしようではないか。たとえば、無税の者、政府扶助を受けている者もいる。これを『厄介の民』とするか、

『美功の民』とするか。扶助を受けていても、乞食ではない。国のための開墾に苦労している。どんな立場であれ、我々は等しく権利のある人民である。もはや士族も平民もないのだ」

「権利は平等である！」

「みんながまとまらなければ、北海道はいつまで経っても、下等人民の集まりと見られる。食い詰め者の集まり、負け組の集まりという者がいかに多いか。我々は、不良日本人という烙印が押されていていいのか」

本多が会場を制していった。

「諸君の気持ちはよく分かった。またふたたび請願書を出そう」

会場は大きな拍手に包まれた。

しかしその時、立ち上がった男がいた。前川だった。

3　官有物払い下げ事件

「本多さん、話したいことがある。少し時間をもらっていいだろうか」

「何の話ですか。三人目の齊藤君、いいですか」

前川は、齊藤の側に行って耳打ちした。齊藤も了承していった。

「おう、それか。それだ。これもまた北海道の人間には何も知らされていない。是非、頼む」

前川は、半月ほど前所用で東京へ行き、驚くべき情報を得てきたと、前置きして話しだした。

「諸君は、この北海道の開拓事業、さまざまな工業や農業の開発、これらが明治五（一八七二）年に始まった十年計画であることは承知であろう。その十年後とは、来年の明治十四年だ。開拓使も廃止になり、函館、札幌、根室の三県と分かれて、それぞれに知事が置かれる。三県時代が始まるのだ。

ところが、その後の開拓事業はどうなるのか、我々は何も知らされていない。知っているのは、今年一月に出された「工場払下げ概則」を定めて、逐次民間資本に払い下げるということだけだ。我々は、高見さんの話にあったように、官給品で生計を立ててきた。だから、薩摩人に助けられたと開拓使に頭が上がらず、政治には口を出さないと無関心を決め込んできた」

会場は、沼底のように鎮まり返った。空気が淀んだように沈んだ。

「しかし今、この北海道十年の開拓事業をめぐって、東京では大騒ぎになっているのだ。いや、東京だけでない。大阪や兵庫でも、自由民権運動の人達を中心に、大反対運動が起こっている。新聞も書きたてているが、北海道の新聞は函館新聞だけで、その函館新聞は何も書いていない。だから、我々はまったく知らないのである。情報がないからだ。私も大変驚いた」

「何だ、何の話だ。さっさといえ！」

「この本多も、恥ずかしながら知らなかった。いったい、どういうことですか。反対の中身は？」

「北海道開拓の十年間の事業が、安値で買い叩かれようとしている。薩摩などの政商が暴利をむさぼろうとしているのです」

「どういうことだ。なんも知らされていないぞ」

「開拓使の十年計画は、投資額二千六十万円を超える大規模なものであった。しかもそれは、低い見積もりで、実際には三千万円を超えるとされている。森林開拓、牧場、各種工場の官製育成など、多くの道民が働いてきた。みんなが周知の開拓使麦酒醸造所もその一つだが、これも民間に払い下げられる」

札幌での麦酒工場は、明治五年に開拓使顧問の技師、トーマス・アンチセルが、野生のホップを発見したことから始まった。本場ドイツで麦酒造りを修業した醸造技師中川清兵衛による、ドイツ式の麦酒だった。

「麦酒工場もか？　安値だと？　買い叩かれているのか？」

「民間に払い下げるといっても、どこに、いくらで払い下げるのだ。開拓使がなくなる以上は、次の責任主体が必要ではないか」

「いや、まだそこは何も決まっていない。しかし、水面下では大きな動きがある。北海道のこれらの事業、つまり官有物が、正当な価格で払い下げられるなら問題ないのだが、どうやら薩摩がらみの、買い叩きが画策されているようなのだ。三井、三菱の大資本も動いているらしい」

道民の感情としては、命からがら海を渡ってきて、開拓使に助けられた。さまざまな指導を受け、道具を借り、身を立て生き延びてきた。洋式プラウ（耕運機）はどれほど過酷な労働を助けてくれただろう。養蚕や砂糖の精製なども開拓使の指導あってのことだ。薩摩の支配だという感情はあるものの、この官営事業の恩恵を受けてきたという感情は、抜きがたいものだった。それ故に、この事業の払い下げも妥当に推移するものと、思っていた。新聞社もまた函館にしかないという状況の中で、東京の動きには関心が向かなかったのである。

「一番問題なのは、薩摩の政商が動いているらしいことだ。北海道の官有物を買い叩こうとしている。我々同胞の苦労と労働が、二束三文で叩き売られていいのか」

前川は、挑発的に机を叩いた。あの柔和な前川とは思えない激しさと厳しさがあった。

「これはまだ内密の情報ですが」

と前置きして

「それがさっきの資産も含めて一切合切、合計なんと三十八万七千円で払い下げられる。しかもこれを三十万に負けてやると。あげくに無担保、三〇カ年賦だ。大阪の関西貿易商会、五代友厚に払い下げるというものだが、この関西貿易商会は、払い下げを受けるために半年ほど前にできた、急拵えの会社だと聞いています」

思わず貞謹は立ち上がっていた。

「来年満期の官有物払い下げ問題については、開拓使は何も我々に知らせていないではないか。

まるで、知られては困るようなやり方だ。黒田長官にしてみれば、薩摩資本に払い下げたいのであろうが、それは我々道民の私物化ではないか。断じて許しがたい。北海道の発展のためにと開拓精神をもって働いてきたその心を利用したとしかいいようがないではないか。東京から情報をもらい、共に闘おうではないか。道民が汗して得たものは、道民のものだ。黒田長官の思うままには、させてならない！」

その夜、集まった者達は、前川によって発せられた驚くべき情報に興奮し、立ちあがって、「そうだ。安田君のいう通り」「開拓精神を悪用したのだ！」「共に闘おう」「黒田、横暴なり」「北海道の私物化だ」「道民を踏みにじるな」「薩摩の政商を倒せ」などと口々にいい合い、一座は騒然となった。

さすがの本多も「静かに！」「静かにしてくれ！」と座敷を歩き回って肩を叩き、座らせた。

「諸君、前川君から重大な情報が寄せられた。我々は当事者である。看過できない問題だ。また会合を開く。しかし、今夜の目的は、国会開設問題である。北海道民会についても、話し合わねばならないが、今夜のところは、これで散会しよう。また連絡するから集まってくれ」

彼は大急ぎで散会宣言をして、血気にはやった男達を送り出した。

貞謹は、前川に近寄った。

「前川さん、よくぞ報告してくださった。ご一新以来の我々の努力、この新天地に賭けた理想がこんな形で踏みにじられるとは、許しがたいことではないですか」

「まったくです。何よりも許せないのは、道民には何一つ知らされていないということですよ。東京であれだけ問題になっているというのに。こんな馬鹿な話があるものでしょうか」

「これからも連絡を取り合いましょう」

二人は、住所を書き付けて交換して別れた。すずらんの香りが夜風に乗って流れてくる。そんな穏やかな夜であった。

4　突然の解雇

六月も末になった頃、貞謹は開拓使学務局からの呼び出し状を受け取った。二月には、四等訓導（校長）として、月俸十五円の通達を受け取ったばかりである。これは、准訓である渡辺啓治の八円のほぼ二倍であり、業績が評価されていると納得のいく金額であった。しかしその四カ月後の、この時期の呼び出しとは、どのような理由によるものなのか。瑠運も、「何の御用でしょうね」と不審気な表情を見せた。

学務局に出向くと、次長席の男が顎をしゃくるようにして、会議室にくるようにと指示した。色浅黒くいかつい顔の人物だった。

会議室で向かい合って座った。次長の横に、若い男も座っている。雰囲気が固く、冷たく、なぜか不安のようなものが、背筋を這い登った。しかし、この不安は何によるものなのか、予想がつかない。

「まず結論から申す。室蘭在勤常盤小学校校長職を解雇する」

いきなり用件を切り出してきた。「解雇？　何のことだ？」頭を殴られたような衝撃だった。

「何です？　いきなり何ですか。解雇とは穏やかではありません。なぜ私が解雇されるのですか。人の一生がかかっていることだ。納得のいくように説明してもらいたい」

「おぬし、本多新と親しいようだな」

「お互い江戸にいた頃からの付き合いです。私の現在あるは、本多先生のおかげです」

「五月の庄内屋での集まりに出ていたな」

えっ、と貞謹は思った。

「そこでおぬし、黒田長官を罵倒したというではないか」

あの会合に開拓使の諜報員がいたのだろうか。

「罵倒ではない。当然のことをいったまでだ。この北の大地で、血の汗、涙を流して開墾した者達の思いを代弁したのです」

「長官には長官なりのお苦しみがある。いうまでもなく、この北海道というところは、想像を絶する苦難の地であった。十年の開拓計画を達成するために、いかに長官がご苦労なさってきたか。それをおぬしらは、悪しざまにいいおった」

「長官の苦労と、移民との苦労は違います。移民の多くは、住むところを奪われ、家財を捨てて、裸でこの極寒の地にきたのです。食い詰め者が逃げてきたといわれているが、それはわずかだ。多くは幕府の恩義に忠義を尽くした、精神性の高い者達だ。それが故に負けた。この負けた者の苦しみは、勝った方々には分かりますまい」

長官は、東京にいる日の方が多かった。土に食い込んだ巨大な根を掘ろうと、つるはしを振ったことなどないのだ。

しばらく沈黙があった。次長が、その幕を破った。

「これまで長官は誤解され、悪しざまにいわれることもあった。それはそれでいい。しかし、この官有物払い下げ問題については、来年には天皇陛下のご裁可をいただく事案である。しかしそれを長官の私利私欲といわれたのでは、激怒なさるのも当然ではないか」

「その腹いせに私を解雇するのですか。いったことが気に入らないと。しかし、天皇陛下にご裁可いただく事案が、不当な安価で買い叩かれ、薩摩人達の懐に利得が入るというこの構造は、それでいいんですかね。これこそ私利私欲ではないか。畏れ多くも天皇陛下をあざむく……」

激しく机を叩く音がした。向かいの男の顔が破裂でもしたかのように紅潮し、目が飛び出ていた。手がわなわな震えている。

「黙れ。何をいうか。不敬であるっ」

「不敬はどっちだっ」

沈黙の時間が流れた。我ながら、なんという下手な交渉だ。解雇を取り消してもらえないか、そのつもりなのに、釈明の機会は永遠に消えた。次長は気を鎮めたようで、

「校長職にある者が、本多のような輩とつるんでおるのが、以前から気に入らなかった。人民を扇動する男と組んでいる者を、校長にしておくわけにはいかないのだ」

「思想狩だ。本多先生の思想は、あくまで人民のためになるように、人々の暮らしが楽になるように、そういう穏やかなものだ。国家の転覆を画策するような、そんな危険思想ではない。五箇条のご誓文にもあるように、『天地の公道に基《もとづ》くべし』。その精神を本多さんは実行しているし、私も支持している」

「ごたくを並べるな。やぞろし（うるさい）。解雇と決まっちょる」

「納得しません」

「それでなあ、安田」

次長は声を落として、慰撫するかのように声を落としていった。

「解雇というと後々まで履歴に傷がつく。それで、局長のご判断で、『依願退職』ということにする。さすれば退職金も出る。退職願を書け。これは開拓使の温情である。ありがたく受けよ」

身体の力が抜けていった。国の体制が変わり、教育の方法も変わり、内容も変わった。すべてのことを手探りで、しかし、この子らへの初等教育こそ、開拓の基だ、国家の基礎であると信じて、働いてきた。常盤学校設立から間もなく四年。その職場を奪うというのか……。生徒は今、

七十人を超えている。年齢で分けて十歳までを午前中に、十歳以上を午後に授業している。同じ年齢でも能力はさまざまであり、その忙しさは大変なものだ。

これは権力の濫用ではないのか、いい募れば言葉はいくつでもあった。しかし、貞謹は言葉を呑んだ。開拓使という権力に雇われているから、こういう目に遭わされているのだ。こんな奴らには何をいっても無駄だ。椅子を蹴って立ち上がると、短くいった。

「追って郵送します」

帰りがけの背に向かって、次長はいった。

「前川龍之丞、あやつも免職である。会津に行って、鉄砲の研究をするそうだ。薩摩人をぶっ殺すつもりかもしれん。長州人もな。わははは」

貞謹はその傲慢な声と笑いを背に、会議室を出た。

5　室蘭の人達の「基金」

「ほんとうか。なんということだ。開拓使が、そういうことをするというのか。諜報員を紛れ込ませていたか。信じられん。薩摩の横暴、ここに極まれり」

本多は細い目を剝いて激しくいった。貞謹も、

「払い下げについては、私も前川さんもたいしたことは話していませんよ。それなのに、こういう仕打ちをする。よほど脛に傷を持っているからに違いない。私達は、来年に向けての見せしめです。開拓使を批判すると、こうなるぞと。教師をはじめ、工場の雇い人など、開拓使雇いの者の口を封じる。その第一歩ですよ」

「許せない。払い下げ問題にしろ、今回のことにせよ、道民を馬鹿にするにもほどがある。よし、父母会を開こう。常盤学校があんたを守る」

この年も室蘭までバッタが襲来し、農民も魚場の者も、その駆除に追われて疲弊していた。しかし、本多の呼びかけに、父母のみならず、商工組合や漁業組合などさまざまな組合の人達が集まり、教室は人であふれた。開会式の時に出席してくれた郡長の田村顕允や戸長総代の三田地新兵衛もきていた。その他、学校運営について、日頃何かと面倒を見てくれている土地の人達の顔があった。

本多がいきさつを話した。まず、官有物払い下げについて語った。会場は、初めて聞く、このとんでもない話に凍りついた。

「会合で安田君がいったことは、誹謗でもない、中傷でもない、ごくまっとうな意見である。それを諜報員が針小棒大に伝えたに違いない。多分、本多との付き合いが深いことも理由の一つだろう。しかし、皆さん、この解雇を認めていいものだろうか。皆さんの意見を聞きたい」

戸長総代の三田地が立ちあがった。

「この地に学校ができて、四年です。『邑に不學の戸なく家に不學の者なからしめん……』と、我々も協力してきた。安田校長は、自ら南部の鈍牛というだけあって、誠実に、着実に子どもの教育をすすめてきてくれた。教育上の落ち度での解雇ならばいたしかたないが、会合での発言を元にして解雇するなど、もっての他のことであります」

大きな拍手があった。貞謹は、思わず目頭を押さえた。

「安田先生が熱心な教育者であることは、皆が知っていることだ。今、先生に辞められたら、室蘭の子はどうなる？　先生、どうか踏ん張って、ここにおってくだせえ」

次々に手が上がり、どの意見もここにいて欲しいというものだった。本多が立ち上がった。

「皆さんの気持ちは分かりました。安田先生にどこへも行かないで欲しい。しかし、問題は俸給が開拓使からこないことです。もし無給で働くとしたら、先生の家族はたちまち路頭に迷うのです」

貞謹の一家は、父貞良も働き、母キヌの茶道や華道の収入もまた意外な額になっていた。しかし、一家の長である貞謹が無収入になることは、許されないことだった。今後は、私立などの開拓使の息のかからない学校を探すことになるが、この室蘭に適当な空きがあるものだろうか。

がやがやといろんな声が沸きあがった末、父母の一人が立ち上がった。

「この学校設立に際しては、二百円の寄付があったと聞く。どうですか。皆さん。聞くところによると、先生が開拓使から貰っていた給料は月十五円だそうだ。それを我々で負担しようではありませんか」

驚く提案で、貞謹は思わず腰を浮かした。

「異議なし」

「異議なし」

連呼するかのように、たくさんの大きな叫びの塊が、落ちてきた。

本多もいった。

「なんとありがたい提案ではないか。皆さんの気持ちも、この意見で間違いないか！」

「間違いなし！」

怒号のような声がさらに響いた。本多は、

「ありがとう。皆さん、ありがとう。では、まず、私が月五円負担します。残りの十円を、組合や組織で負担していただきましょう。その分配は後で相談させていただく。個人の献金もありがたい。この会計組織を、私の風呂屋内におきます。皆さん、風呂のつり銭や買物の残りでもあったら、ちょっと寄付箱に入れていってください。これを『基金』とします」

貞謹は立ち上がった。涙で目が赤く、頬は光っていた。

「皆さんありがとう。ありがとうございます。開校以来、私は子どもの教育に私なりの力を注いできた。初等教育は人生の基礎であり、一生の財産になる、そう思えばこそ教科を工夫して、どの子にも力をつけてきました。その熱意が今報われました。寄付、ありがたく頂戴します」

拍手が起こり、「先生、頼みましたよ」などの声が飛んだ。

「しかし皆さん。これはいつまでというわけにはいきません。三年という区切りをつけます。この間に、私も次の学校を探します。三年だけ、助けてください」

またしても拍手が沸き起こり、「先生あっての、常盤だ」「子どもをよろしくお願いしますね」などの声が沸きあがった。

やがて、人々は引きあげて行った。本多が寄ってきて、肩を叩いた。

「安田。案ずるな。そのうちに黒田はいなくなる。明治十五（一八八二）年になれば、開拓使は廃止、三県時代がくる。しかしここの札幌県の知事は、噂によると、調所広丈ということだ。やはり薩摩人だ。我々は薩摩の支配から逃れられないらしい……。だがやがて国会も開設され、憲法もできる時代がくる。払い下げ問題も、あのままでは済むまい。時は必ずくる。北海道は薩摩の支配から抜け出て、我々で知事を選ぶようになるだろう。今は、辛抱だ。辛抱せよ、安田」

「ありがとう、本多さん。これまで何度も助けてもらって、今度もまた助けてもらいました」

「わしの念願の常盤学校をここまで大きくしてくれて、いい学校だと評判だぞ。わしも鼻が高い。あんたのおかげだ。わし、寄付集めは得意じゃ。頑張るから、気を落とすな」

貞謹は、自らの履歴短冊にこう書いた。

明治十三年七月　青森県士族貞良長男安田貞謹開拓使雇依願差免

その夜帰宅すると、両親と妻に集まってもらい、初めて免職の件と三年間の『基金』について、語った。

「立会演説会に諜報員がいたとは、思いもかけないことでした。長官を誹謗したとのことですが、たいしたことはいっていない。それを理由に罷免にするとは信じられないことです。父上、これが負けた者の悲運です。しかし、ありがたいことに、本多先生をはじめ、町の方々のお力で、三年は奉職できそうです。毎月の給料を基金から出してもらえるとのことです。この室蘭の人達は、なんと情に篤く、優しい人達なのだろうと、胸が熱くなります。皆さんも貧しいのに、私のために寄付をしてくれる……」

父は腕組みをして聞いていた。その目に大粒の涙が盛り上がった。

「これが、負けた者の宿命《さだめ》なのか、負けた者はどこまでも負けていくのか。しかし、貞謹、間もなく薩摩の時代は終わる。三県時代がくる。薩摩の知事が続くのかもしれないが、やがてそれも終わる。負けた者が盛り返した時の勢いは、天を突くのだ。心せよ。貞謹」

母もまたいった。

「恐らく罷免の理由は他にあるのでしょう。演説会のことは付けたしの理由に過ぎませんね。思い当たることはないのですか」

「まったくないのですよ」

「あの連中には、理由なんていらないのかもしれない。黒を白といいくるめる輩だからな。誰かの中傷かもしれない。しかし、室蘭の人達のなんという熱さだ。こういう人情の篤い人の住むこの地にきたことが、おぬしの持つ運というものだ。この温情に報いよ」

「はい。私も深く心して励みます」

「我々東北人は粘り強い。どんな苦難にも屈辱にも耐えてみせる。ほら、ばあさん、『盛岡の桜は石を割って咲ぐ』っていうでないか。これまでも耐えに耐えてきたではないか。耐えて生きるのが、南部の者だ。いつか必ず、花も咲ぐ」

キヌもまた膝を打って、

「『こぶしの花は北を向いて咲ぐ』ともいいますよ。貞さんは、単身この北の大地に乗り込み、ここまで力を尽くしてきました。みんなそれを見てくれていたんです。見事、北を向いて咲いたではありませんか。『天知る、地知る、人知る』、免職といっても、誰にも恥じることはありません。『基金』を作ってくれるという室蘭の人の温情、人徳の高さ、ほんとうにありがたいことです。このご恩を忘れてはならないですよ。北を向いて咲くこぶしは、きれいなんですよ」

瑠運もしきりに涙を拭っていたが、きっぱりといった。

「旦那様、ご自分の信念の通りにおやりくださいませ。どんなことになっても、瑠運はついて参ります。私も、石を割って咲く桜になりたいと思います」

そのいい方があまりに真摯で勢いよく、貞良がまあまあと手で押さえ、その仕種がおかしいとキヌが笑い出し、瑠運が笑い、皆が笑った。深刻な話だったのに、最後は笑いでしめくくった。七月とはいえ霧を含んだ冷たい風が、窓から流れ込んでいた。

父も母も、室蘭にきてから若くなったように見える。この家族がある限り、困難を乗り越えられると貞謹は思った。

6　明治十四年の政変

その年、明治十三（一八八〇）年の三月には、瑠運の両親の住む白石藩開拓の幌別で、常盤学校の分校が設立された。藩主片倉家の屋敷の一部を借りたもので、生徒は二六人もいて、貞謹が校長を兼務した。助教は、斉藤二郎、橋本近次。士族が開拓した地だけあって、教育熱は非常に高かった。この地に開拓に入ってすぐ、藩士達によって「読書科」「算術科」などが設けられていた。分校設立に際しては、片倉家の旧家臣日野久橘《きゅうきつ》が、室蘭で活躍していたこともあって、交友のあった貞謹もかなりの援助をしていた。ただ、残念なことに、生徒は和人のみで、何度かの話し合いでも、アイヌの子ども達の通学はかなわなかった。

その他にも分校設立による校長職の依頼が多かった。

十四年の六月には、輪西村の泉麟太郎の屋敷の一部を借りて、「常盤学校分校」を開いた（後の本輪西尋常小学校）。十月には、室蘭村に、石川光親宅を仮校舎として分校開始（後の元室蘭小学校）。明治十五年には、塵別分校（輪西小学校塵別分校）を開設した。

常盤学校の校務は、以前と何も変わらず、子ども達の歓声といじらしい瞳に囲まれての日々だった。


明治十四年になって、春には東京での「官有物払い下げ問題」への関心は一段と高まっていた。北海道でも函館新聞がようやく取り上げるようになり、道民の関心、世論も高まっていた。貞謹はもはや開拓使とは関係のない身であることをもって、多くの会合に出席し、事の重大さを繰り返し語り、道民の汗の結晶が買い叩かれている現実を語った。

「たとえば、東京曙新聞によれば、東京箱崎町物産取扱所は、建物・土地などで、三百万円は下らない価値があるとされています。他にも汽船の運賃年収三万円、米・塩代理買入れの純益三万円などを含めると膨大な資産です。これが安値で買い叩かれています」

「北海道開拓のこの十年間の総投資額は二千六十万円といわれています。それがさっきの資産も含めて一切合切、合計なんと三十八万七千円で払い下げられる。しかもこれを三十万に負けてやると。あげくに無担保、三十カ年賦だ。大阪の関西貿易商会、五代友厚に払い下げるというものだが、この関西貿易商会は、払い下げを受けるために半年ほど前にできた、急拵えの会社と聞いています。こういう無謀な計画がこの七月には、黒田長官によって、天皇陛下の裁可を得ている。諸君、我々の労苦、汗と涙は、一部の政商の餌食になっているのだ。我々の開拓精神は利用されていたのではないのか。これは畏れ多くも天皇陛下を騙していることになるのではないでしょうか」

多くの道民は、初めて聞くこの話を、怒濤のような怒りで受け止めた。各地で集会が開かれ、たくさんの反対意見が陳述された。

ところで貞謹は、〝五代友厚〟という名前を聞いた時、聞き覚えがあると思った。

「そうだ。函館での小学教科伝習所時代に聞いた名だ。薩摩や長州は、幕末にご禁制を破って、英国などに留学生を送っていたと。薩摩スチュウデントといわれていた連中の一人だ。ちゃっかり西洋の勉強をしておいて、幕末のあの騒ぎだ。許せない話ではないか。開国と同時に政権をとったのも、知識があったからだ」

自由民権運動と軌を一にし、国会開設運動ともなった反対運動は、嵐のような勢いで全国に広がった。ついに天皇によって、払い下げの中止、十年後の国会開設などの詔勅が発せられた。

しかし、「自由民権運動と結託して払い下げに反対した」と大隈重信が内閣から追放された。〝明治十四年の政変〟といわれる事件であるが、そのやり方に多くの国民から非難の声があがった。さらにこの後、払い下げ問題を大々的に報道した新聞社は、国によってひどい弾圧を受けることになり、民権派の教員への圧力が各地で起きた。

この運動の結果、国会開設をと願う本多の思いは、一応の成果を得たことになった。憲法制定もまた、視野に入ってきた。

7　幌別小学校へ

常盤学校幌別分校は、この明治十四（一八八一）年六月十四日、分校を脱して、幌別小学校として創立された。貞謹は校長を引き受けた。家族の移転は、しばらく様子を見ることにして、単身での赴任だった。

その頃、金成太郎は、その優秀さを見込まれて札幌師範学校の官費生となっていた。

幌別での生活が落ち着いた頃、貞謹は興味深い話を町の人から聞いた。エゲレス人の女性が、幌別にきたというのである。名をイザベラ・バードといい、明治維新後の日本の各地を旅行して手記を書いているという。

「幌別に外国の人、それも女の人がきたってんで、大騒ぎさ。たくさんの連中が取り囲んで、それはもうお祭り騒ぎだったよ」

「言葉はどうだった？」

「それがさあ、日本語がうまいんださ。通訳みたいな男もいたけど、直接わしらと話すんだな。そん時、たまたま太郎が幌別にきていてなあ。太郎と何人かの若い者に話し相手に出てもらったんださ」

「太郎にも、イザベラにもいい機会だったろう」

「そしたら、その人、しげしげと太郎達を見て、何といったと思う？」

「さあ、なんだろう」

「こんな美しい男性は、見たことがないだと。気高くて、賢そうだと。それは太郎のことをいったのか、一緒に行った連中についていったのか、それは分からんのだけどな」

「誰のことか分からないいか。それは残念だ。だけど太郎は確かに美男だし、賢そうな顔をしている。太郎のことかもしれないぞ。それにしても、気高いというのは、褒めすぎじゃないのか」

「他にも何人かの日本人とアイヌが挨拶に行ったのさ。みんな礼儀正しいといわれたそうだ。みんな喜んでさあ」

イザベラ・バードは、わずかな滞在時間で去っていった。それでも、異国の人が町を訪れて、町の人が興奮したというのは、楽しい話題だった。

小学校ができて二年ほどした頃、「アイヌだけの学校をつくろう」「金成太郎を教員とすること」などの要求がでてきた。片倉家の家来達は、人種、身分、階層を越えた新しい村をつくろうと努力してきたが、差別的な物いいや行いをする者が跡を絶たなかった。貞謹は、ここにきて、新しい問題に奔走することになった。

時を同じくして、本多新も新しい事態を迎えていた、明治十五年、三県時代に入って、十一月には手宮（小樽）と幌内間の鉄道が全線開通した。このことが、本多の商売に大打撃を与えることになったのである。人と物の流れが変わり、室蘭の旅館にはばったりと客がこなくなった。本多は潔く小樽に本拠を移したが、しかし新しい地での商売は思うようでなく、一年後にはまた室蘭に戻ってきた。

貞謹も本多も、新しい時代の変化の中で、苦しい模索が始まっていた。

この年、明治十五年の年末、瑠運は長女キクを出産した。その半年前、幌別に家を用意して、室蘭に残してきた三人を引き取っていた。瑠運の実家、桐の両親も喜び、瑠運は実母のもとで、お産をした。一家は新しい命に、喜びと活気を与えられた。

太郎は札幌師範学校を卒業して、札幌創成小学校の教員をしていたが、ちょうど、そのアイヌだけの学校の話が出た頃、幌別に戻ってきていた。その後彼はジョン・バチラーと出会い、洗礼を受けることになる。アイヌの教育についてはいろいろな意見があり、〝愛乃教育義会〟も大きく議論され、発起人会もできて貞謹も賛同人に署名したが、学校は実現しなかった。

明治十九年になって、アイヌの勧農と教育をめざした〝相愛学校〟が設立され、太郎が校長となった。当初生徒は一三人だった。しかしこの学校は、ある事情により、二年後には〝愛隣学校〟と名称を変更し、校長も交代となった。この時の生徒数は一六人。

やがて太郎は、バチラーと対立するようになり、飲酒に溺れるようになったという。貞謹は、幌別にも室蘭にも詳しい、旧知の友人日野久橘にいった。

「私は、子どもの頃から太郎の頭の良さや性格の温厚さを知っていますよ。大変な努力家だったことも。やがてアイヌ社会のために大きな仕事をするだろうと、期待していた。しかし、どうやらみんなが寄ってたかって、太郎を苦しめているのではないだろうか」

太郎を助けたいと思っても、どうしていいか分からなかった。

「日野さん。私は、太郎が日本人と同じように読み書きができ、日本人社会に適応していくことが、アイヌの人達にとっていいことだと考えていた。それは大きな間違いだった。私も太郎を苦しめた者の一人なのだ。しかし、だからといって、読み書きも算数もできない人間でいいのかとなると、これからの時代、それは違う……」

日野も太郎の理解者だった。貞謹の苦しみも知っていた。

「白石藩の者は殿をはじめとして、アイヌの人達に非常に感謝しているのですよ。鮭の捕り方から、食べ方、野草の知識、みんな教えてもらった。それなのに札幌県になっても、アイヌへの差別はなくならない。鮭だって、河口のいい漁場は和人、彼らには、はるか河上の方をあてがわれている。太郎の苦しみは、太郎一人のものではなく、同胞全体の苦しみであり、痛みなんですよ。しかし、太郎の後を継ぐ者が出てこない。一人では何もできないその無力感もまた、彼を苦しめているのではないでしょうか」

「教育というのは、すぐ結果の出るものではありません。やがて太郎も今の苦悩を乗り越えて、多くの人の先頭に立ってくれると期待してはいるのですが……」

「まったく、負けて故郷を追われた者が、行った先で先住の人達を弾圧し、苦しめている。むごい話です。太郎はその象徴的存在です。なんとかしてやりたいと思っても、どうしていいか分からない」

日野はため息混じりで、もう一度「分からない」といった。貞謹も重苦しい思いでうなずいた。

ふと、幌別を出ようかと思った。

いつかの正月に、胸に点った小さな灯火、役人にも監視されず、子ども達がのびのびと育っていく自分の学校、そうだ子を育て人物となすような育成、〝育成小学校〟だ。そういう名の学校を持ちたい。開拓使に解雇されてから、その思いは一層強くなった。問題は乳飲み子を抱える瑠運だが、賛成してくれるだろう。太郎も教員になりたければ、一緒にやろう。

「自分の学校を持つ。初等教育こそが教育の基本だということを、実践できるような小学校を」

その理想に向けて、貞謹は計画を練り始めたのだった。

第五章　私立育成小学校の創立

1　理想の教育に向けて

明治十九（一八八六）年、三県時代（函館県、札幌県、根室県）が終わり、札幌に北海道庁が設置され、道政は一本化された。初代長官は土佐の人、あの御用火事の岩村通俊。その二年後に第二代目として、薩摩の人永山武四郎が就任した。新たに建設される庁舎は、アメリカ風の赤レンガなのだという。

貞謹は思った。

「官有物払い下げ事件で、この国の指導者達の私欲の深さを知った。しかし、これからは変わっていくだろう。北海道はもっともっと発展する。これまでは松前藩の名残で函館が人口も多く、文化の中心地であった。しかし、今後は札幌が北海道の中心になるのではないだろうか。教育の中心にもなるだろう」

安井息軒先生が、「やがて北海道に日本有数の町が生まれるだろう」とおっしゃっていたが、それは札幌だろう。

その年の四月、初の文部大臣森有礼によって起草された法令、「小学校令」(第一次小学校令)が出された。森もまた五代らと同じ薩摩スチュウデントの一人である。彼は明治八年に、開拓使女学校(明治九年一人の卒業生も出さずに廃校)の学生だった静岡藩士の娘、広瀬常と結婚した。福澤諭吉を証人とした〝契約結婚〟を『明六雑誌』に載せ、話題となった。後に離婚。

「小学校令」は、六歳から十四歳までの八年間のうち、最初の四年を尋常小学校とし、後半の四年を高等小学校とするもの。しかもその授業料は〝父母後見人〟がもつ。これでは、貧しい子どもが学校に行けるはずがなかった(これは、明治二十三年の第二次小学校令で改正され、さらに三十三年に第三次小学校令で改正され、尋常小学校は授業料が無料となった)。

また、小学校令では教科書は「文部大臣の検定したるものに限るべし」とされた。教科書検定制度であり、教員と教授内容を縛るものだった。これまでのように、教師が自分で教本を作って教えるということは、許されなくなるらしい。この時教員に求められるのは、「順良、信愛、威重」の三気質とされた。

「国家によって課せられた役割に忠実である人物が、好ましい教師像なのだろうか。この三気質は、それはそれで大切だと思うが、教師とは自分の人格をもって子どもに向かう者、もう少し教師の自由裁量があってもいいのではないだろうか」

貞謹は瑠運に語りかけた。縁側の籐椅子に、二人は腰掛けて小さな庭を眺めていた。きれいに手入れされて、コスモスがゆっくりと揺れ、菊もまた花開く日を待っている。瑠運の膝で貞夫がふっくらとした頬を見せて、眠っている。二年前に生まれた長男である。瑠運もまた小柄ながら肉付きが良くなり、すっかり母親の顔になった。幌別の太平洋から吹き渡ってくる風が、少し冷たい。短い北の夏が終わろうとしていた。瑠運は、

「国にとって都合のいい教師、都合のいい子ども、それがほんとうに、国に役立つことなんでしょうか」

「そこなんだ。官有物払い下げ事件で思ったけど、民衆が反対する、それによって国家が軌道修正する、これはじつにまっとうなことだと思ったよ。教育の世界も、上からの指示のままということになったら、大変だ」

こう考える背景には、官立学校への、国家の統制が何か臭うからだった。

「官からの通達は、洋才の学力主義である上に、就学できない子どもを放置している。つい先だって見ていた明治十六年の就学率の資料には、男子で六割ちょっと、女子で二割というところだ。北海道でいえば、もっと低いだろう。小学校のない集落や町はたくさんあるのだから。就学率をもっと上げなければならない。この男女差をなくさなければならない」

「女に教育はいらない、勉強すれば生意気になる、そんな声をいつも耳にしますよ」

「そこが問題なんだ。自由な議論が欲しい。教師の勉強会にも参加したい。何かと制約の多い官立も息苦しい。やっぱり札幌がいい。札幌に私立の小学校を開きたいと思うが、どうだろうか。最初は経営も苦しいだろうが、なんとかやっていけるのではないだろうか。昼間働く子どものために、無料の夜学も開きたい」

瑠運は大きく目を見開いていった。

「あなたは、札幌に私立の小学校を建てたいと思っているんですね。それがあなたの理想ならば、私も協力を惜しみません。昼間の学校もやる、夜学もやる、それは、あなたの長年の夢でしたものね」

瑠運は、膝を貞謹の方に向けてきっぱりといった。

「あなたはもう決心していますね。私は何があろうと、賛成しますよ。応援します。行きましょう。札幌へ。農学校のクラーク先生のこと、なんとかというお言葉があったそうですわね」

ウィリアム・スミス・クラーク。マサチューセッツ農科大学の第三代学長。札幌農学校での滞在はわずか八カ月だったが、明治十年の帰り際、人々の心に染みる言葉を残した「少年よ、大志を抱け〈Boys be ambitious〉」)。

瑠運が反対はしないだろうと思っていたが、こうあっさりといわれると、拍子抜けした思いだった。

「これはね、瑠運。大変なことなんだよ。まず金の問題がある。大きな借金を抱えることになる。もし、生徒が集まらなかったら……。いろいろな危険を覚悟しなければならない。何年計画になるか、それもまだこれからの話だ。父上、母上の思いもあるだろう」

今、貞謹が相談に乗ってもらっているのは、室蘭時代からの友人日野久橘、松尾雄二である。松尾は昆布商売で財を成し、札幌の商工会にも顔が広かった。もちろん本多にも相談している。

本多の提案は、土地を買って校舎を建てるよりも、大きな中古家屋を買って内部を改造したらどうかというもので、貞謹もそれに賛成だった。費用は格段に安くなる。

「二階建ての旅館の売り出しでもあれば、いいんだがなあ。探してみよう」

本多はいろいろな情報を持っているだろう。松尾もいってくれた。

「安田君、学校はなるべく人通りの多いところにしよう。学校だから静かなところがいいのは当然なのだが、私立でやっていこうとすれば、多くの人の目に触れるところの方がいいのだよ」

その夜、貞謹は瑠運にこのような話をして、学校の建物となるような旅館を探していると告げたのだった。

「まあ、最近よく札幌に行くと思っていたら、そういうことだったんですね」

「学校の名前は、〝育成小学校〟。育てて、成る。精神的背景のある教師によるきちんとした教育によって、子どもを人物に仕上げていく。知育、徳育、体育、これらから人間は成っていくのだ。人間にとって何よりも重要なのが、初等教育なのだよ。北海道はまだまだ開拓が必要だ。その開拓の基《もとい》を担う人物を育てたいよ」

「まあ、あなたはもうそこまで考えていたのですね。反対したくても、反対のしようがありませんわね。でもね、昼と夜に授業するようになれば、お身体が心配です。その辺をよく考えて」

瑠運の強気の性格が出たようないい方だった。

「その通り。瑠運は賛成すると信じていたよ。身体には気をつける」

「まあ、お見通しだったのね」

二人は、声を合わせて笑った。幸福感に包まれた笑いだった。

こうして計画は、少しずつ動き出していった。

2　私立育成尋常高等小学校の開校

明治二十二（一八八九）年の末、貞謹は各種学校「私立育成尋常高等小学校」として届出をした。開校、新入学は翌明治二十三年四月一日以降になる。

何度も札幌に出て、街を歩き、不動産の紹介所を回って、最後にたどり着いたのは、本多のいうような古い旅館の買い取りと改築であった。幸運なことに場所は、札幌南五条西三丁目、札幌の中心地で、さまざまな商店が立ち並び、人の往来が多かった。

「変わったなあ。すっかり様変わりだ」

貞謹はその街角に立ち尽くして、ほぼ二十年前、松本十郎様の世話になった長屋を思い出していた。札幌に着いたあの日、大きな通りに驚いたが、それが今は大通り公園と呼ばれて、札幌の中心地になっている。公園は東西に延びて、南北を切り分けている。学校予定地はそこにも近い。体育では、競歩の訓練などもできる。子ども達の憩いの場ともなり、野外授業もできる。

今は人口三万人弱だと聞いたが、赤レンガの庁舎が完成すれば、やがて大きな町になる。札幌が、北海道行政、開発の中心地になるのだ。人、物、金が集まる。

「だからこそ、人間の基礎を作る初等教育が必要になる」

身の引き締まる思いだった。

開校準備と同時に、その学校の近くに家を借りて、家族を引き取った。結婚後長いこと子どものできなかった瑠運だが、長男、長女、次女に続いて、四度目の妊娠中だった。それを知って、最初は幌別に置いてくるつもりだった両親も一緒に住める家を探した。父と母もまだ健康であり、側にいてくれれば、安心でもあるからだった。

父はあっさりと承諾した。

「人間《じんかん》到る処青山あり。世間にはどこにでも墓があるものじゃ」

貞良は七十歳を超えていたが、母のキヌはまだ五十歳を過ぎたばかり。二人とも元気だった。父の人生の後半、つまり明治以降は、江戸の麴町から七戸に、室蘭、幌別、札幌と転々としている。小藩とはいえ次席家老職にあり、悠々自適の老後のはずが、息子の生活に合わせて落ち着きのないものとなった。

「いや、これもまたおもしろきかな。世界見物とはいかぬが、日本見物でござる。南部の鈍牛も、歩きに歩いたり。老いたりといえども、学校の掃除や庭木の始末ができるぞ。なあ、キヌ」

毎朝の木刀の訓練を欠かさない父は、筋肉もしっかりあって、日常生活に何の不自由もなかった。実際には、学校の雑務を担ってもらうことになるだろう。年寄りを働かせると胸がいたんだが、貞良は、あっさりといった。

「貝原益軒先生もいっておる。日々よく気働せよ、とな。なあ、ばあさん。働くのが元気の源よ」

キヌも学校の仕事を手伝うという。とくに、女の子に裁縫や華道などを教えたいと張り切っている。これは常盤学校でも発揮した腕前だった。

「札幌の子ども達は、祖父母が遠くに住んでいる例が多いのですよ。学校のおじいさん、おばあさん、いいではないですか」

「勉強以外のことも、わしらから学ぶはずだ」

貞良とキヌは新しい役割を見つけた。荒野の開拓には年寄りも働いた。学校でも働く。北の大地は老若が働くところだった。

開校準備はさまざまあったが、貞謹は制服制帽を作ることを考えた。幌別のように士族の子の多い町では、子どもながら羽織袴で登校してくるが、町人の子や他の子にある種の威圧感を与えていた。

「あれは良くない。学問の前で、人は平等なのだ。服装で差別してはいけない。明治に入って二十年。服装を同じにすることによって、身分差が出ないようにしよう。学習院でも制服を作ったと聞く」

しかしそれは、他校の子ども達との差になる……。どうしようか。瑠運に相談すると、

「あなたはすぐ難しく考えるんだから。これはこの学校に学ぶ子ども達の目印だって思えばいいのですよ」

瑠運はさっそくあれこれの婦人雑誌を探しだしてきて、男子用、女子用のデザインをいくつか考えてくれた。

最終的には、裁縫屋の意見も取り入れて、紺地の詰襟に金ぼたん、胸ポケットに赤い刺繡で育成の文字をいれることにした。制帽には、金の校章をつけ、赤の細い帯を巻きつけた。校章のデザインは、常盤木である松の実を三つ組み合わせた。

「松は一年中緑ですし、冬に強い木です。こうして見ると、葵のご紋章に似てますわね。士族の意地かしら」

瑠運はいまだに幕府への未練を断ち切れていない。「世が世ならば……」と、悔しげに呟くこともあるのだった。

女子用は、ブレザーとベレー帽とした。試作品ができあがった。

「なんてハイカラな制服でしょう！　素敵だわ。これを着た子ども達が集まったら、どんなに見事でしょう。家の子ども達もこれを着るのね。この制服にあこがれて入ってくる子もいるかもしれないわね」

貞謹は、それはアテにしない。育成の思想「知育、徳育、体育」に共鳴して子どもを預けてくれる親が多いことを願うばかりだ。肝心の教科は、明治十九年の小学校令に合わせて、体育と綴り方を必修にし、読み書き、習字、算術、地理、歴史、修身を。高等小学校では、理科をとり入れた。他に唱歌、女子には裁縫を選択科目とする。歴史には、日本外史、十八史略、史記などを組み合わせた副教材を作る。唱歌や裁縫には専門の人を頼むことになる。尋常小学校では、算術と読み書きを中心に、学年が進むと英語や漢文も入れていく。算術では一学年は加減乗除筆算、二年以上は筆算と珠算併用、三年以上は、筆算一時限、珠算四時限とする。尋常小学校だけで働きに出る子もいるのだから、実学にも力を入れなければならなかった。これらを語ると、瑠運が呆れた顔でいった。

「まあ、あれこれテンコモリですこと」

「そうなんだけど。この他に実用の知識も必要だ。しかしなあ、育成の『知育、徳育、体育』を思うと、このくらいはやりたいのだよ。しかし、もう少し整理しないとなあ。それなのに、校長講話では論語を語りたいなんて思うから、困ったもんだ」

こうして、準備が進められた。

開校と入学式の日を明治二十三年四月六日に執り行った。日曜日である。授業は、翌日から始める。よく晴れた日ではあったが、寒気はいまだに厳しく、道路のあちこちには大きな雪の山が残っていた。道は雪が解けて石ころと混じりあい、歩くのに難儀な日だった。

校門や玄関口は、日の丸の旗を二本立て、ようやく普及しだした万国旗や金モールで飾り立てた。

その朝、制服制帽の子ども達が、尋常科高等科合わせて五三人集まった。思っていた以上の応募だった。父母の多くは士族で、父は羽織袴、母は黒紋付の羽織姿が多かった。

来賓には道庁の学務局長の永藤啓治、商工会会頭上村克夫を初め、近隣の商店組合の会長や近隣の小学校校長などが顔を揃えていた。

来賓挨拶の後、貞謹は挨拶に立った。この日、彼は初めて洋装をした。フロックコートを着たのである。瑠運は似合うとほめてくれたが、自分では「牛が洋服着たようなものだ」と、着心地はよくなかった。「こんなものに二十円もかけたのか」と、おもしろくなかった。しかも最近は胴回りに贅肉がついて、自分でも見てくれが悪いと嘆かわしかった。洋服は体型が出るからいやだ。しかし、子ども達の制服に合わせるべしという瑠運の説に負けた。

まず、江戸の故・安井息軒先生から始めて、函館の小学教科伝習所、室蘭常盤学校から幌別小学校までの来歴を語った。

「このように私は、渡道以来二十年近くにわたって、子どもの教育に携わってきました。そこで知ったことは、子どもの可能性のすばらしさです。教え方一つで子どもの顔の輝きが違ってきます。私は私の力のすべてを込めて、子どもの知性、感性を育てたい。それが、本校の三つの目標、『知育、徳育、体育』であります」

教師としては、函館師範卒（明治十三年函館小学教科伝習所を改称した）の経験豊かな清川泰と、もう一人若い山田一郎が当たる。教科によっては、外部の優れた講師を随時頼むことにする。

「今後は生徒の増加によって教師も増えるでしょうが、当分はこういう陣立てで教授に当たります」

どういうことを教えるのか、教科内容を整理して述べ、最後に自分の信念を語った。

「私は、自分を『蟷螂《とうろう》の斧』でありたいと思っています。これは、多くの人の知る言葉です。皆様の多くは、自分の力量も知らず斧を振り回して大敵に向かう愚か者と思っておられるかもしれません。それはその通りなのです。これは『韓詩外伝』にある言葉ですが、しかしその続きがあります。斉の荘公は、斧を振り上げる蟷螂の姿を見て、また従者の説明を聞いてこう述べられたのです。『此れ人為《た》らば、必ず天下の勇武為《な》らん』。公は、蟷螂を踏み潰さないように馬車を後戻りさせました。この話を聞いて、世の勇士が荘公のもとに集まったといいます。私も蟷螂のように弱くて斧も大きくはありませんが、力いっぱいその斧を振り回して、頑張ります。世の多くの勇士、つまりは秀才、才媛がここに集まることを期待しております」

会場は拍手で包まれた。以来貞謹は、〝蟷螂先生〟〝カマキリ校長〟と呼ばれるようになった。

3　北海道教育会と狭隘な校舎

この明治二十三年十一月に、前年の大日本帝国憲法の制定および衆議院議員選挙法を受けて、貴族院と衆議院による第一回帝国議会が召集された。しかし北海道民には、選挙権も与えられなかった。北海道は内国植民地なのか、開拓精神を鼓舞された道民は、単なる労働力だったのか、人々は悲憤の声をあげた。だが貞謹は怒りの思いを呑んで、沈黙を守った。

育成小学校は、開校の翌年には、生徒数が八〇人となり、明治二十五（一八九二）年には、百名を超えて、一一一人となった。当時、百名を超える私立小学校は少なく、丁寧な指導で生徒の学力を上げると、評判は良かった。

開校の翌年、高等科の卒業生は一七名だったが、全員が尋常中学校に合格するという快挙を成し遂げた。数年後には、札幌農学校に合格する者が続出し、カマキリ先生の学校は、子どもや父母の憧れの的となった。

開校三年めには、もう一人教員を増やして、貞謹は校長を清川泰に譲った。自分は校主と称し、漢文や夜学校を中心に授業を行った。清川は、いつも笑いたさをこらえているような柔和な顔つきで、子ども達に人気があった。当時の校長のほとんどが生やしている八の字の髭は、貞謹はもちろん、清川も嫌っていた。

「子どもというのは、可愛いものですね。あの、ひたと見つめてくる目を思うと、胸が痛くなりますよ」

「まったくだ。小さな手で私の袴や着物の端を握って、すがりついてくる。教師というのは、そういう心に応えていく仕事だよ。とくに夜学にくる子らは、昼間は親方に怒鳴られたり、疲れたりしているだろうに、教師の言葉を胃の腑に落としこめるようにして、帳面に書いている。なんと健気な、と思ってね」

当時の夜学生徒は二二名、読み方、書き方は勿論、漢学、英語、算数を教えた。長いこと願ってきた自分の教育の理想の姿が、ようやく実現した。貞謹は意欲的に授業をし、子ども達が本好きになり、学力が向上していくのを実感して幸福だった。


明治二十四年二月、「北海道教育会」が設立された。これは北海道の各地で教育に携わっている者が一致協力して、北海道の教育の普及、改良、教師自身の資質向上のために努力しようというものである。貞謹もさっそく入会し、設立会員となった。かつて教師達と自由な議論がしたいと思った日々もあった。それが実現するだろう。

前年の十月三十日、天皇陛下から「教育勅語」が発布されていた。

朕惟《おも》ふに　我が皇祖皇宗　国を肇《はじ》むること宏遠に　徳を樹《た》つること深厚なり……

じつに平凡な内容だった。普通の家庭では当然なことばかりである。しかも、「一旦緩急あれば義勇公に奉じ……」とある。これは何を意味しているのか。貞謹自身は、武家に生まれて、「殿の御為、討ち死にせよ」と教えられてきた。そういう身には違和感がないけれど、これは明治生まれ以降の若い世代、今の子ども達にはどうなのだろう。教師として、死地に行けといえるのか……。

三月七日には、午後二時より、大槻吉直、藤田九萬、山内久内などを発起人として、北海道教育会の発会式および第一回総会が豊平館で開かれた。快晴で雲一つなく、玄関に国旗を二本交叉して掲げ、それは豊平館の真っ白な下見板とウルトラマリンブルーの青い柱によく映えた。この豊平館の設計には、薩摩出身の大工棟梁安達喜幸が中心になった。美しい洋風建築である。この日までの入会員は二百五十余名、うち半分はその日の参会者として集まっていた。

役員選挙では、会長大槻吉直、副会長山名次郎、評議員は對馬喜三郎以下一〇名が決まった。名誉会員としては、北海道庁第二代長官永山武四郎以下一一人が選ばれた。評議員選挙では、なんと安田貞謹にも九票入っていて、彼自身を驚かせた。札幌に出てきて、まだ二年ほどの者にと。当然、落選ではあったのだけど。

この会は、月一度、教育に関する演説会、年に一度の総会、月一度会報雑誌の発行を行う。会費は月十銭。

北海道の教育界は、大きくまとまり、研鑽と協力の態勢が整ったのであった。

その翌年、「小学校祝日大祭日儀式規程」が全国一律に制定され、式典がある場合などには、「教育勅語」の朗読が義務付けられた。読み間違いをした校長は、進退問題ともなり、貞謹は驚くと同時に不穏な空気を感じた。天皇の〝御真影〟も配布され〝奉安殿〟への礼拝が義務づけられた。またこの頃から小学校の四月入学が広がっていった。

清川にいった。

「勅語を読み間違えた校長を退職させたそうだよ。むごい話じゃないか。天皇陛下はそういうことを望んでおいでなのだろうか」

「私も、それが天皇陛下の御心だとは……。何か、過剰なものを感じますね。この勅語を悪用する者が出てきたら……」

「君も同じ意見だね。これからの時代はうっかりしたことはいえなくなるような気がする。いやな時代になっていくんじゃないのか。君も、読み間違えとか、何らかの粗相のないようお願いしますよ」

勅語と奉安殿参拝は、厳しい管理に加えて、思想の統制と弾圧を呼んでくる、そんな時代がくるような不吉な予感があった。清川に念を押した。

「私は、子どもにはゆったりとゆっくりと、自分の心に素直な人物になってもらいたいと思っています。勅語のことで子どもを叱りつけたりしないように、お願いしますよ」

北海道教育会設立の翌年、月一度の集会で講話を依頼された。

あれこれテーマを考えた末、演題を「小学生徒の風儀に就いて」とした。日頃、なんとかしなければならないと考えていたことであった。聴講者は、会員が主で、生徒の父母も参加していた。

「いずれの府県、いずれの市街村落に行くも人の目につくものは、風儀なり」

これが第一声であり、貞謹の持論だった。小学生の風儀を見れば、その土地の品位が分かる。

「明治十四（一八八一）年の小学校教則綱領により、修身が重視されていますが、その割には風儀品位の純正を見ておりません。とくに高等科になると呼び捨てが多くなり、非常に聞き苦しい」

ここで彼は、明治維新前には相手の名前の称し方によって、刃傷果たしあいもあったことを述べ、「風儀厳正なること、到底今日の及ぶところにあらず」、しかもこれは、「藩閥の余習」であると断じた。明治維新というものへのわだかまり、薩摩・長州などの藩閥への不信、疑念がいまだ胸にくすぶっている。開拓使時代からの内心の鬱屈は今も消えていない。あの振る舞い、言葉遣い。彼は断じた。

「無作法な呼び方は、維新前の中間小者と似たようなものだ。このような風儀なき言葉は、種々の悪徳を生じさせる。一つには、平和折合いを失い喧騒常に多いこと、二つには放慢心を醸生すること、三つには大人を敬する念慮を失わせること」

最後に彼は、札幌は八〇州から風呂敷包み一つで集まった人々の苦難があったと語り、これからの二代目、三代目に真の風儀を起し、「他邦人の来たりて、風俗品位の純正なるを驚かしたきものなり」と結んだ。

この講演は、明治二十五年七月二十五日発行の『北海道教育会雑誌』第十四号に掲載されたが、評判は今一つぱっとしなかった。

「蟷螂先生にしては、あっさりでなかったかい。もっときっぱりしたことをいうかと思ったさ」

というところが大体の評であった。


翌年明治二十六年七月の教育会雑誌に、小さな記事が出た。

「育成学校の卒業式」

三月に第四回卒業及び修業証書授与式が行われたのである。来賓は、清川師範学校長、鈴木と岩谷両教諭、渋谷区書記、他公私立の小学校の校長が列席した。安田貞謹は、勅語を奉読し、証書・賞品の授与、清川師範学校長の演説と生徒の答辞があった。

在校生徒八〇名内受験生五三名、全員合格、落第生なし。尋常科の卒業生男子の六名も含めて受賞生徒二七名。

記者はこう書いている。

「当校主は、完全に生徒を教育するとして、敢えて多数の生徒を貪らず、ために成績見るべきものあり」

この後に続く言葉が、貞謹の胸を衝いた。

「しかるにこの熱心なる校主に似合わぬは、その校舎の狭隘《きょうあい》にして不完全なることとす」

いわれた通りだった。高等小学生ともなると、身体も大きくなり、とても旅館改造の間に合わせの校舎では済まなくなっている。しかも評判がいいせいもあって、入学希望者が非常に多い。

「もっと大きい校舎が必要だ。その上、古くなっていて、危険でもある」

貞謹は腕を組んで考え込んでいた。

その翌年、二十七年六月、貞謹は北海道教育会の評議員になった。選挙では次点だったが、一人欠員がでたための繰上げ当選だった。北海道の教育界において、貞謹は重要な位置を占めるようになっていた。

（評議員は数年続いたが、後の選挙では次点であった。明治三十七年貞謹は「終身会員」となったが、その時の会員数は、二四六四名になっていた）

4　金成太郎の訃報

明治三十一（一八九八）年二月、瑠運は六番目の子八重（五女）を産んだ。その三年後には男子を産んでおり、二男五女の七人の母親である。いくら祖父母の手があるからといっても、なんという頑健な身体なのだろう。明治三十四年には、大家族となっていた。

金成太郎の死を聞いたのは、八重が生まれる前年だった。まだ三十代の若い死だった。死因は不明だという。毒殺という説もあったようだが、多くの人は、生活の乱れではないかといった。

「あの真面目な秀才が……。出自ゆえに世の荒波を受け、世に受け入れられないままに、命を落としたのか。なんという損失だろう。太郎、助けられなかった。許してほしい……」

太郎に和人と同じ教育をしたことは、良かったのかどうか？　何も学ばない方が良かったのか？　しかしあの優れた頭脳を思えば、文字を持たないことがもったいなかった。太郎もまた熱心に学んだ。その結果が……。

「なぜ死んだ、太郎……。どうしてあげることが良かったのか、教えてくれ」

貞謹は瑠運との見合いで幌別に行った時、訪れたアイヌのチセで、フチ達が「アイヌにはアイヌのやり方がある。騙されるな太郎」と叫んでいたことを忘れたことはなかった。

「結局私も君を騙してしまったのか……」

訃報の前で、深くうなだれて日々を過ごした。

明治三十二年には、まことに屈辱的な〝北海道旧土人保護法〟が制定されており、差別は一層ひどくなっていた（廃止されたのは、平成九年〈一九九七年〉）。

「もし太郎がこれを見たらどれほど怒り、落胆したことだろう」

あたかもそれを予感して命を切り上げたような、苦しくて、切ない生涯だった。

第六章　新校舎落成と炎上、廃校

1　新校舎計画と落成

貞謹の日々は、学校運営と大家族を養っていくことに振り回されて、校舎の問題は手付かずになっていた。それでも時々、「この古くて狭い校舎、どうしたものだろう」と思うのだが、そう思いつつ数年が経ってしまった。教育会の雑誌に書かれていたことは、ほんとうのことで、指摘されるまでもなく、貞謹自身が感じていることだった。校舎はますます狭くなり、身体の大きな子が集まると危険でもあった。

「開校して十年が過ぎた。新しい校舎を建てる時がきたのかもしれない。頑張ってみようか。大冒険ではあるが……」

貞謹の胸に新しい計画が広がった。

決断してさっそく新校舎建設委員会を作り、事情を話した。委員には、いつも面倒を見てくれる日野久橘や松尾雄二、札幌商工会の役員である梅田弘道、父母の会からは数人、商店街の組長安達要吉などが集まった。日野が委員長になり、これまでのいきさつを話した。

「今のこの校舎は十年以上が経ちまして、ますます狭くなり、生徒にも危険です。また入学志願者が多くて、選別にも苦慮しております。じつは、土地はもう探してあります。このすぐ近く、大通り西六丁目五番地。八〇〇坪あるのですが、そのうち三〇〇坪くらい借りて、校舎を建てたいと思っております。校舎の予定図です」

これらの委員達が、学校の図面に訂正や意見を出し、寄付を集め、銀行から融資を受ける。建設費用はいくらかかるのか、それが最大の難問だったが、机などの備品も含めて大体四千円弱くらいかと、最終的な案が決まって、登記した。

「木造柾葺《まさぶき》二階家。建坪、二二〇坪五合。一階一二〇坪。二階九〇坪五合」

新校舎が完成して移転したのは、明治三十五（一九〇二）年十一月だった。豊平館のように洋風にして、一階も二階も白い下見板を張り、窓枠には緑色のペンキを塗った。車寄せには、大きな屋根を張り、二本の柱も緑に塗った。屋根に小さい望楼と――風見鶏をつけた。併設した幼稚園には、明るいピンク色の玄関を作り、庭にはブランコや滑り台を置いた。

完成した新校舎を見上げて、貞謹は感慨深く思ったものである。

「この校舎で学んだ子は、育成小学校を生涯の誇りとしてくれるのではないだろうか。私も、一層の努力をしよう」

翌年の卒業式と入学式は、過去最大に盛大なものとなった。

「長い道のりだった。北海道にきて三十年余。ようやくここまできた。多くの人々に助けられて、幸運な人生だった。小学教師を選んだのは、間違いではなかった。私はなんと幸せ者だろう」。感謝の念は言葉に尽くしがたい。

たくさんの来賓を送りだし、一人になった時、貞謹は深い感慨を覚え、熱いものが胸を濡らした。

新校舎が完成して、一年が過ぎた。子ども達も落ち着き、日々は活気にあふれて過ぎていった。

その年、明治三十六年十二月十七日は、この数日来の寒気が収まらず、北西の風が一日中吹き荒れた。

貞謹は新校舎に校主室を作り、そこに書庫を作った。これまで家に置いてあった、たくさんの漢籍や書籍、長い年月書いてきた日記、多くの手紙、先祖からの書画、骨董などを移転させた。おかげで自宅の書斎は広くなった。貞謹は学校から持ち帰った書類を読んでいたが、側でさきほどから数え六歳になる八重が弟の貞道を相手に、幼稚園ごっこをしている。

「さあ、お歌うたいましょ。何がいいかしらね。そう、桃太郎さんね。桃太郎さんにしましょ」

その口調がなんともおませな姉さんぶりで、ふっと貞謹も笑い顔になった。八重が寄ってきた。

「ね、ね、お父様、お父様は校長先生なのに、どうしてお髭がないの」

安田貞謹肖像
（提供　網走市立図書館）

八重は口髭を指で書くようにしていった。俗にうなぎ髭とか、八の字髭といわれている。多くの校長は髭を蓄えていた。

「お父様は、お髭嫌いなのだよ」

「どうして?」

髭による権威主義のようなものが、嫌いだった。見せ掛けだけじゃないか、内心そう見えてしまう校長もいた。初等教育者に髭はいらない。ま、実際には、髭の手入れが面倒でもあったのだが。

この娘は他の娘よりも利発な感じがする。気性も瑠運に似てきっぱりとしていて、激しいものを持っている。将来が楽しみだ。

「姉達も、頭のいい子は女子高等師範に行かせよう。ゆくゆくは幼稚園教師か、尋常小学校の教師に育てたい」

今度の新校舎に、付属幼稚園をつくったのも、そんな遠い計画があったからだ。

それに比べて、長男の貞夫はどうしたものか。ゆくゆくは札幌農学校へと思っていたのだが、中学を出るとさっさと東京へ行ってしまった。瑠運によれば、元気にはしているらしいが、どんな仕事をしているものか。

長男のことは、校長として少しく名のあがっている者には、世間体が悪かった。強情な性格で、父親と向き合うと必ずいい争いになった。地道な学問に向いていない。何か商売のようなものが合っているらしく、それを提案するのだが、父親のいうことはことごとく否定するのだった。あげくに、突然の上京だ。

「それが彼の決断であるのならば、いたしかたない。忙しさにかまけて面倒を見てやらなかった。その怒りがあるのだろう。やがては学校を継がせたいと思っていたのだが、それはもう適わない夢となった。今は何をしているのか……」

ふと貞謹は、疲れたなあと思った。何か淋しく、胸の中でざわざわするものがあった。学校の新築完成、引越し、心身の疲労がまだ抜けていなかった。思えば、もう数え五十四歳。正月には五十五だ。この頃は、父親もめっきり衰弱し、もう長いものではないように思える。そのことも貞謹の胸を重くしていた。

「そうそう、八重。もうお休みの時間だよ。お歌はそこまで。それでね、大きくなって、東京の女子高等師範学校に行きなさいといわれたら、八重はどうする?」

「とうきょう……?」

首をかしげていた八重だったが、すぐ飛び跳ねていった。

「いく、いく。とうきょうへ、おべんきょうにいく!」

「そうかい。いい子だ。東京へ行くか。さ、おやすみしなさい」

八重は父の前に正座して「おやすみなさい」をいい、弟を抱いているのかひきずっているのか、母親の部屋の方に去っていった。

2　真夜中の出火

大きくなった八重が歩いている。濃紺の袴に編み上げ靴、紅色の矢絣の袖が風になびいている。今や東京女子高等師範学校の学生だ。

「お父様、この本見てください。杜甫の詩集ですよ」

「おう、そうかい。どれどれ……」

と、手を伸ばしかけた時、瑠運ががらりと襖を開けて飛び込んできた。興奮してしどろもどろに叫ぶ。

「大変です！　学校が、学校が！」

貞謹は夜具を跳ね飛ばして飛び起きた。

「どうした、学校がどうした！」

「火事だって」

「何だと？　火事だと？」

心臓を一突きされた。わなわなと震える手で、作務衣を着ると、外套を羽織って玄関から飛び出した。学校までは、わずかな距離だ。行く手に、炎が見える。燃えているのだ、新築一年のあの校舎が燃えているのだ。

黒い炎が太く渦巻いて空に昇っていく。白い炎は上空にいって赤い炎、さらに黒い炎となり、風にあおられて燃え盛っている。

「なぜだ、なぜなんだ。なぜ、燃えている？」

火事を知らせる半鐘が、あちこちで激しく鳴っている。人々が走ってくる。雪に転び、雪を浴びて、どの人も雪まみれだ。貞謹も何度も転びながら、学校の正面までできた。

「ああ、ああ、ああ……」

言葉にならなかった。崩れるようにしゃがみ込んだ。膝をついたまま、呆然としていた。火は風が吹くたびに、「ごおっ」という恐ろしい叫びをあげて、燃え盛る。炎が白く、黒く、赤く、大きくなる。熱風が頬に痛い。ガラスが砕け散る音が響き、何かが爆発したような音がした。火の粉が縦横無尽に降りかかってくる。

「先生!!」

清川や生徒の親達が駆け寄ってきた。

「先生、ここは危ない。もっと下がりましょう」

抱きかかえられるようにして、炎から引き下がった。

バケツリレーが始まったが、何の役にも立たない。多くの人がスコップで、雪を投げ入れているが、火勢は収まらない。人力ポンプが数台きていたが、水の勢いは弱い。炎はますます大きく、広がっていく。このまま燃えるにまかせるのか。

「そんなもので消えるか！　消防の竜吐水はどうした！　まだこないのか！」

「何台かあるはずだ。全部出せ！」

「中に人はいないか！」

別の声が叫ぶ。その声にかぶせて、

「竜吐水でなきゃ、消せないぞ！」

「きた、きた、消防がきた！」

人をかき分けて、消防隊が竜吐水を二台か三台、走って運んできた。水を大きく吹きかける。竜が水を吐くようだといわれたが、しかしその竜の勢いも炎の前には力がなく、水を水箱に入れるのにも手間取っている。

「水がめは他にないのか。もっとあるはずだ！」

「誰か、雪かきしてくれ」

さまざまな怒声が飛び交った。

風はますます激しくなり、粉雪が空を舞う。火の粉がそれを追うようにして、燃え盛る。風の勢いとともに火の勢いも激しくなり、赤黒い火柱がますます太く、高くなる。竜吐水が盛んに放水したが、火の勢いの方がはるかに強かった。

「みんな下がってくれ。もうじき二階が崩れる。巻き込まれないように、下がれ、下がれ！」

「下がれ、下がれ、もっと下がれ」

人の輪が遠巻きになった。外套も着ていない法被だけの消防夫達が、汗を拭きながら号令をかけて走り回っている。

貞謹はもう見ていられなかった。目を閉じると、

「いや、見なくてはならない。しっかり見よ」

と、号令する声もある。

「北海道にきて三十数年。そのすべてをつぎ込んだ成果が、今、灰になっていくのだ。これが、私の運命だった。おい貞謹、しっかり見るのだ！」

涙が滂沱と頬を流れる。雪に膝をついたまま、貞謹は泣き続け、顔を上げられなかった。激しい吐き気に襲われた。やがて、ぐわっという轟音とともに、二階が崩れ落ちた。火の粉が飛び散り、四囲が白く明るくなった。

明治三十六年十二月十八日、午前零時五十分頃発火、ほぼ二時鎮火。一時間と一〇分で、一人の男の人生を賭けた事業と、集めた書籍や江戸時代からの文化的な書画、貴重な漢籍などが灰燼に帰した。その日はまた、貞謹の誕生日でもあった。

3　原因不明・放火か？

雪に足をとられて転倒して、家にかつぎこまれた。骨折はしていないようだが、ひどい打ち身だった。

貞謹は、老いた父貞良の伏す寝床の側で、平伏した。父は、今朝方の火事に駆けつけたのだが、

「父上、申し訳ございません」

（※）

「いや、わしの方こそ、この忙しい時に迷惑をかけた」

「父上からお借りしている金、お返しする手はずがありません」

学校建設費のうち、貞良が五百円出してくれたのだった。貞謹も五百円出し、残りは父母の寄付金と借金で、月々の月賦で返すことになっていた。父も息子も有り金をはたいたのだった。

返せないのは、父に対してばかりでなかった。借金もどうやって返していくのか。何よりも寄付をしてくれたたくさんの父母などに。膨大な借金を抱えて、貯金もなく、七人の子ども、親夫婦、自分達夫婦が生きていかなければならない。収入はどこからあるのだ……。これから先、いったいどうすればいいのだ？

貞謹は父の痩せた顔、細くなった身体を見ながら、涙が滴り落ちてくるのを止められなかった。

畳についた手を、弱々しい夕日が照らしている。父は静かに、手を振った。

「金はいいのだ。あれは、そなたに与えたものだ」

「父上……。明治四年に二十歳で渡道し、誕生日をむかえて今五十三歳。三三年間の蓄積がすべて灰になりました……。私には何も残っておりません。金も書物も日記も、学校の記録も……」

涙があふれて、あとは言葉にならなかった。胸が錐でも差し込まれたかのように、痛い。えぐいものが、喉を突き上げてくる。

その日は、夜明けと同時に火事見舞いの客が大勢あり、その合間を縫って消防夫との現場検証、警察関係者の聴取などがあった。近所の商店街にもお詫びや消火協力御礼などの訪問が続き、夕方になって、父の容態を見にきたのだった。窓から差し込む夕日が、薄暗い部屋を少し明るくしていた。

「検証の方はどうじゃった」

「火の元が、玄関の生徒昇降口の履物箱あたりということで、そこが一番燃えていました。普段からまったく火の気のないところですから、消防夫は、放火ではないかといっています。警察も同じ意見でした」

「そうか……、心当たりはあるのか」

「それが、まったくないのです。いったい誰が……」

しかも誕生日に。それを知っている者の仕業なのか？　時計が零時を過ぎるのを待っていたのか……。その者が、何のために火を点ける？

「誰か、恨みを買っている者はいないのか」

ちょうどその時、瑠運が、お盆にお茶道具を持って入ってきた。妻も一夜にして頬がこけ、顔も手も皮膚がカサカサして、疲れ切っていた。

「お父様、貞謹さんが人の恨みを買うなんて、そんなことは絶対にございません。夜学で、月謝を払えない子には、『出世払いでいいんだよ』なんていう人です。働く子、お金のない子、そういう子にも教育を受ける権利があると。そんな恨みを買うなんて……」

「そうだった。悪いことをいった。父も老いたのう……」

瑠運はストーブの上の鉄瓶から、お湯を急須についだ。

「さ、熱いお茶を召し上がって。気持ちが落ち着きますよ」

「しかし非情ではないか。鬼か夜叉か。新築一年の学校に、火を点けるとは……」

三人はただ黙って手にした茶碗を見つめていた。石炭ストーブの燃える音が静かに響いていた。


人生の絶頂から奈落の底へといきなり背中を蹴り落とした者、いったいそれは誰なのか、今日も何人かの見舞い客から同じ質問を受けた。しかし、どう考えても思い当たる者はいないのだ。我知らず、人を傷つけてきたことはあったかもしれない。それはないとはいえない。長い間校長職にあって、いつか傲慢になり、人を深く傷つけていた……、そういうこともないとはいえない。しかしそれは真夜中に火点けまでするほど、深く激しい恨みだったのだろうか。もし発見されて逮捕されれば、重罪である。そんな覚悟までして？　どんな恨みなのだろう……。

「うかつ者でして……、まったく気がつきませんでした。私の不徳のいたすところです」

問われるたびにこう答えるのだが、胸が痛いほどに絞り上げられて、喉が詰まり声がかすれた。巨大な悪意が身近にあったのに、気がつかなった……。

こういった人もいた。

「あなたの評判への、嫉妬だったのではないですかね」

「嫉妬？」

「あなたはまことに順風満帆に成功してきた。最初の函館の小学教科伝習所への官費留学からして、多くの者は涙を呑んだのだから」

「そのような古い話を」

「いや、不運を生きてきた者には、昔も今もないんですよ。あなたのあの瀟洒な学校を見た途端、昔のことが噴出した」

「そんなことがあるものでしょうか。それで火を点ける？」

ひたすら努力して生きてきた。堅物といわれ、おもしろくない人間ともいわれてきたが、人生とは積み上げていくものだと、黙々として日々を送ってきた。開拓の成否は初等教育如何にあると人々に語り、子ども達にも教え、語り、その成長を楽しんできた。子どもはどの子も教師の目を真剣に見つめてくる、その目に応えようと日夜補助教材を作った。それは親以上に、子どもの成長を楽しむものであったはずだ。子どものいじらしさに、涙した日もあった。

それが「嫉妬だった」とは？　努力の成果を灰にするほど激しい嫉妬だったのか。そんなことがあるものだろうか。

「火災保険に入っていたのですか？」

と聞かれた時には、心臓が止まるほどに驚いた。

「〝東京海上保険〟（現・東京海上日動火災保険株式会社）っていうのがあって、今では札幌や小樽にも火災保険の支店がありますよ。ええっと、札幌は代理店が確か〝谷倉庫組〟っていってますよ」

知らなかった、そういう仕組みがあるとは……。年に一回は防火訓練をし、生徒にも火の用心を徹底していたつもりだが、保険に入っておくという知恵はなかった。むしろこれだけ用心しているのだから、大丈夫という思いの方が強かった。よもや、深夜に放火されるとは……。心臓がふたたび、キリキリと痛んだ。

「なんというらかつさ、無知だろう……」

保険に入っていれば……、その思いに苦しめられて、立っていられなかった。突かれた心臓から血が流れた。

夕方、がらりと玄関の戸が開いて、雑務係の鈴木佐吉が飛び込んできた。顔中涙にして、両手をついて玄関に這いつくばった。

「校主先生、申し訳ございません。私の不始末ではないでしょうか。石炭ストーブの灰に火種が残っていたのでは!!　どうか、私を八つ裂きにしてください！」

貞謹は力なく答えた。

「原因は、警察も調べてくれています。話はそれからです」

仮に君の不始末だとしても、君には弁償能力がないだろう……。八つ裂きで学校が戻るのならば、何回でも八つ裂きにしてやるが。しかし、最後に学校を出た者が戸締りを忘れたのは確かだ。何者かが校舎に入り込んだ。

「火の気のない生徒昇降口あたりから出火したそうです。安心しなさい」

佐吉はほっとしたような顔になり、何度も頭を下げて帰っていった。貞謹は、彼の心痛と涙が、非常に尊いものに思えて、痛む胸が少し楽になったような気がした。

火の不始末か放火か。これはついに分からなかった。施錠を忘れた者の名乗りもなかった。

4　廃校の決断

翌十九日、北海タイムスに、火事の記事が載った。

昨朝の火事「当区大通西六丁目五、六番地内に建設せる育成尋常高等小学校二階建て総坪数二百十坪五合は、昨十八日午前零時五十分、外部生徒下駄置場と便所との間より出火一棟全焼同二時鎮火したるが、原因は未詳にて目下調査中なりと伝ふ《い》」

貞謹は同日の北海タイムスに、消火手伝いの謝礼広告を出した。

本校出火ノ際ハ早速御駆付御手傳被成下難有拝謝ス
私立育成尋常高等小学校　校主　安田貞謹

またそれと並んで、近所の二十もの商店が「謝近火御見舞い」を出した。そこには、商店街組長である安達要吉の名もあった。

出火場所が、火の気のない生徒昇降口の履物箱と便所の間、「放火ではないか」、この噂はなかなか消えずに、貞謹を悩ませるものだった。

その日夕方になって、貞謹は、消防関係者はもちろんのこと、清川校長や教員、父母会、後援会、商工会議所の梅田などの人々との会合を開いた。貞謹を支えてくれたいつもの日野や松尾はもちろん、商店街の安達なども、顔を揃えていた。どの顔もくたびれていて、放心しているように見えた。まず、消防責任者がいった。

「町には、放火説がずっと流れています。まったく火の気のないところから出火していて、その焼け方がひどいからです。これからは警察にも関わってもらって、捜索を始めます」

貞謹は力なく思っていた。仮に放火で犯人が分かっても、学校は戻ってこない。失った信用も戻ってこない。ああ、そうだ、日記や書簡、膨大な書籍、あれらも全部灰になったのだ。自分の人生の証明が何もかもなくなってしまった……。

何よりも膨大な借金……、これをどうするのか……。

誰が放火したのだ、何の恨みなのだ……。教えてくれ、何のためなのだ……。私は、何かこれほどの罰を受けるような、悪いことをしたのか……。

清川校長が、現状の財政報告をした。

「この借金をどうするのか、しかもいかにして学校を再建するか。どうしたものでしょう」

商工会議所の梅田が厳しい顔でいった。

「これだけの借金があり、しかも返済のメドも立たないのに、再建なんぞあり得るのですか」

「安田校主はもちろんのこと、私達も働いた給料の中から少しずつ返していきますが……」

「お気持ちは分かるが、ま、焼け石に水ですよ。商工会議所としては、これまで随分応援してきたつもりですが、今回は難しいですよ。皆さん新聞などでご承知と思うが、ロシアとの戦争は避けられません。最近の対馬海峡あたりへの出没は非常に危険なものです。この北海道への南下はもう明治以前からでしたしな。ロシアの野心を封じるために、政府は今外交努力をしているも

の の、軍事衝突は避けられない。開戦です。当会議所も相当な醵金《きょきん》を用意しなければならなくなり、一般人にも寄付や戦時公債が求められてきます。安田先生、時期が非常に悪いのです。今、この時期に寄付を集めるのは難しいでしょう」

開戦……、一座の人々は驚きの声を上げて、ざわめきが広がった。それを制して、貞謹は立ち上がった。

「皆様のご好意は、安田貞謹、生涯忘れません。ほんとうにありがとうございました。すべては私の不徳のいたすところです。世の情勢、皆様の負担などを考えまして、私立育成尋常高等小学校は、昨日をもって、廃校といたします」

火事以来考えに考え、考え抜いて出した結論だった。言葉にしていってしまうと、足元から崩れていくような虚脱感に襲われた。拳を机に突いて、かろうじて立っていた。永遠に取り返しのつかない言葉だった。

一座は水底にでも座っているかのように静まった。誰も何もいわずにうつむいていた。それは、あきらかに同意の印であった。

「廃校です」

貞謹はもう一度いった。その言葉が血の滴りのように、沈黙する人々の間に落ちていった。

貞謹は、清川校長に命じて、日曜日に父母会を招集してもらった。まずやるべきことは、子ども達の転校先探しだった。父母からは慰めの言葉があったけれど、むしろ厳しい意見が多々出た。すべては甘受しなければならないことだった。多くの公立尋常高等小学校の校長達は、非常に同情してくれて、全部の生徒の行方が数日のうちに決まった。二学期の残りと、三学期、そして卒業式、晴れやかな行事は指の間から零れ落ちていった。

「結局、何もない自分に戻ったのだ。すべては〝邯鄲《かんたん》の夢〟だったのか。唐の時代のあの盧生のように、枕を借りて眠っている間に見た栄華の夢。目覚めてみれば、炊きかけの粟飯がまだできていなかった……」

校長として、子ども達の手を握り、頭を撫で、父母や人々に一目置かれ、多くの人々に前に立ち、多くの会議に出席し、多くの人々と語り合った、あの気力に満ちた日々……。あれは夢だったのだ。夢から醒めれば、昔の自分、職もなく、金もなく、不安に満ちていた自分に戻る。

いや逆に、今のこの状態が夢なのだろうか。放火で全財産を失い、すべての希望を失った自分が、今夢の中にいるのだろうか。夢ならば早く醒めてくれ。あの白い二階建ての新築校舎に戻してくれ。

夜もよく眠られず、胸の骨がギシギシと痛かった。起きていても、寝ていても、あの夜空を焦がした炎から逃れられなく、吐き気が治まらなかった。「保険」の文字も頭から離れなかった。

「瑠運、酒をくれ」

妻は、何もいわずに徳利を一本用意した。

「これで、お止めになってね」

犯人も分からないまま、一家は、ひっそりと年越しをした。年が改まっても、笑うことなく、はしゃぐ声もなく、まるで巨大な灰色の幕に包み込まれたかのようだった。貞謹もまた、疲れがどっと出て、身体が縛られるような苦痛で、何日も寝て過ごした。残務整理が山ほどあるというのに、身体が動かなかった。〝田間慟哭〟の人は貞勤自身だった。

年明けて、北海道教育会雑誌は、記事の中でこう書いた（第一三二号、明治三十七年一月二十五日）。

育成小学校の焼失……（日付を十七日と誤記）、私立小学校としては其設備最も完全のものなりしが竣工後数月（誤記）ならずして一朝烏有に帰したるは惜《おし》みても尚余《あま》りあると云うべし因に記す同校に於て教授し来りたる児童は之を区立各小学校に収容することに決したりと

瑠運も涙の涸れない日が続いていたが、この記事を見た時だけは、少し元気になった。

「その設備、もっとも完全なものと書いてくださって……。でも、もうなくなってしまった……」

祖父母も子どもらもみんな力なく、声をあげることもなく、笑うこともなく静まり返った家の中で、瑠運の声が何かの細い光のように静かに響いて消えていった。

第七章　北のあけぼの

1　さらば札幌

一月も半ば、貞謹は大通西五丁目にある北海道教育会の事務局に、会長の大窪實を訪ねた。会いたいという言づけがあったのである。

「このたびは、先生方にも大変お世話になりまして……」

「まこと言葉にならぬ悲運です。どれほど気落ちしておられるかと」

会長は声を低くしていった。

「痩せましたね。食欲はありますか」

「それが……、どうにも……」

「それはいけません。お気持ちは分かりますが、無理してでも食べませんと」

会長は、袱紗《ふくさ》包みを出した。

「これは会員有志の……」

「いや、それは困ります。今回のことは、私の過失です」

「安田さん、お金は大事ですよ。失礼ながらあなたは今無一文のはずです。遠慮は無用です」

涙が、目尻に盛り上がって頬に流れた。涙は永遠に涸れまいと、貞謹は思った。

「今後のことはどうなさるおつもりですか。学校を失ったということは、職も失ったということです。お子さんも小さく、老いた親御さんもおいでになる。再建の目途はあるのですか」

「それは職員とも話し合い、商工会にも掛け合いましたが、寄付はもう集まるまいと……。銀行の方も、日露戦役がもうじき始まるだろうから融資は無理だと……。廃校の手続きをしなくてはと……。火事に遭って一カ月が過ぎましたが、まだ心の整理がつきませんで……。今後のことは、一度会長にお会いして相談しようと思っておりました……」

会長はソファーから立ち上がると、机の上の書類を手に戻ってきた。

「再建するにも、まずは収入がないとなりませんね。しばらく公立小学校で働いてみませんか。じつは、校長を探している小学校があるのですよ。ただ、場所がちょっと遠くて、網走なんです。網走尋常高等小学校。今の校長は第五代で、武蔵卓先生といいますが、この一月二十六日に退任するということです。後任を紹介して欲しいと管轄の支庁長から依頼がありましてね。おいで願ったのは、このこともありまして」

「網走ですか……」

網走、オホーツク海沿岸の町。思ってもみなかった地名だった。

「遠いです。でも今は道路も整備されて、旭川経由でも釧路経由でも行けるようになりましたよ。オホーツク海の日の出は大変すばらしいと聞いております。そんな太陽でも眺めて、先生らしい気迫を取り戻してください。今すぐ返事はいただかなくてもいいんですよ。でも前任者が退任する三日前くらいには、着任してあげたいですね」

「それは急な話です。行くとしたら、家族連れは無理ですね。私一人で行くことになります」

「ご家族ともよくご相談なさってください。あ、肝心なこと。月給は、三十五円以上だそうです。家族を置いていくということであれば経費も余計にかかるので、若干の積み増しを交渉してみましょう。支庁長との間に立ってくれているのが、高田源蔵さんという人です。大阪の藤野漁業の総支配人であり、元網走支配人。大変な実力者で、苦労人だそうです」

「お心遣い、重々に御礼申し上げる次第です。よく考え、妻や父とも相談して、今後の方針を決めます」

会長と別れて、歩きながら考えた。心が迷う時には決断してはならないというが、時には一刀両断、迷いを断ち切って激しく決断することも大事なのではないか。

「再建はできない。私は二度と自分の小学校を持つことはできないのだ」

雪が降り始めた。雪は、降り始めはあんなに美しいのに、残雪となると、どうしてこうも汚くなるのだろう。まるで、自分の人生のようではないか。新しい雪が、汚い雪の固まりや歩道を、清らかな布のように隠していく。日差しもなく、寒い夕方だった。

「札幌から逃げ出そうか。この町のどこかに、私の不幸を喜んでいる誰かがいるのだ。ここは、悪意の町だ。私の過去の努力すべてを、『邯鄲の夢』にしてしまった恐ろしい町だったのだ。老いて丸裸になった男、こんな男でも校長として迎えてくれるところがあるのか。その町で大きな朝日を浴びて、再出発しようか。網走はこの清らかな雪のように、私の失敗を温かく包んでくれるのではないか。何よりも今必要なのは収入だ……」

会長のいった「オホーツク海の日の出」という言葉、そのあけぼのの光は、どれほど心を癒し、胸を温かなもので満たしてくれるだろう。見てみたい、見たい、朝日に包まれたい、そんな激しい思いにかられながら、音を立てて雪を踏みしめて、家路を急いだ。

「さらば札幌。希望の町、そして失意の町」

2　北のあけぼのは網走に

網走の海岸に着いた時は、まだ夜明け前のオホーツクの海が、黒いうねりとなって広がっていた。波は、はるか沖合いにまで大きく荒々しくうねり、岸辺ではまだ解けていない流氷が、ぎゅっ、ぎゅっと押し合う音を立てていた。三月だというのに、海辺の寒気が顔にも身体にも刺してくる。空気がガラス板のようにぶ厚く、歩くのも容易でない。貞謹は足踏みしたり、体操のようなことをしてみたりしながら、日の出を待っていた。すぐ目の前の海の中に、神様の忘れ物のような帽子岩が、静かに持ち主の帰りを待っている。戸数八百程度といわれるが、網走の町はさすが港町だけあって、もう船が漁港を出入りし、町並みを大八車が走り、活気を見せ始めていた。

空が明るくなってきて、水平線に漂っていた何層かの黒雲が縁を残して金色の光に変わり始めた。その金と黒の格闘は、しばらく続き何か壮大なドラマでも見ているようだった。間もなく、金の光は、黒雲を越えて、一気に大空に躍り出た。空も海も、大きな光背に包まれた光の玉に打たれて、さっと明るくなり、輝きだし、日の出を迎えた。太陽は、赤く染まった人空を背景に、白金のような輝きを見せながら、大きく世界を支配している。黒い波は一気に明るくなり、銀色の光を放った。

「ああ、日の出だ。なんという神々しさだ。しかもなんという大きさ。網走は、あけぼのの町なのか」

感動のあまり、胸の中に金の玉が転がり込んできたような高揚感に包まれた。あの日の出には、悪意も嫉妬もない。純粋な光の玉だ。網走に招かれたのは、神の哀れみ、いや恵みだったのかもしれない。この清らかなものに祈りなさいと。宇宙の営みの中で、人間の卑小な感情など波の泡のようなものだと。

「オホーツク海の春には〝あけぼの〟の巨大な力がみなぎっていて、その力が胸の中の黒いものを、銀色の波に変えていくようだ」


昨夕、網走に着いた。就任は三月十四日からとなっており、その三日前だった。月末に卒業式を執り行う。着いたら真っ先に日の出を見ようと思っていた。朝早く起きて、海岸にきた。きてよかった。何か納得した思い、心の一部が熱いもので満たされたような思いで、下宿に帰った。玄関を開けると、昨日迎えてくれた通いのおかみさんが、満面の笑みで出てきた。四十も半ばか、恰幅がよくて、日焼けした頬が人懐っこかった。

「どうだった日の出、きれいだったしょ」

「ああ、すばらしかった。白く輝いて、大きくて、神々しかった」

「それはよかった。寒くて、頬っぺた痛かったんでないかい。でもさ、あの大きな日の出を見たら、みんな元気になったっていうさ。先生も、そうだったかい？」

「そうだね。元気になった。力をもらったよ。時々見に行こう」

「藤野漁業の高田さんから、校長先生の下宿を頼まれた時は、震え上がったよ。どんなおっかない人がくるかと思ってさ。そしたら、髭もないしさ、痩せてるしさ、なんだか優しそうな先生だったから安心したさ」

なんという率直さだ。

「そうかい？　くたびれているだけですよ」

その日は金曜日だったので、授業が終わる午後から学校に行き、職員との顔合わせや今後の予定を語り合うことになっている。午前中は、少し寝て、片付けでもするつもりだ。

この町の第一人者、藤野漁業の元網走支配人、高田源蔵もくるはずだ。彼が支庁長の命を受けて、北海道教育会の大窪会長との交渉に当たってくれたらしい。貞謹のあれこれの面倒を見てくれることになっている。

この明治三十七（一九〇四）年はうるう年で、出発前の二月二十九日、貞謹は大窪会長にお礼かたがた事務所に出向き、北海道教育会に十円の寄付をした。その寄付によって終身会員となった。三月十一日に単身で出発すると告げた時、大窪会長の目に浮かんだものに、貞謹は深い感謝の念を抱いた。おかみさんの明るい声がして、回想は遮断された。

「さ、朝ごはんにするかい。今朝は、白子の味噌汁にしたよ。これがうまいんだから。たくさん食べなさいよ」

思わず頬が緩む。「食べなさい」というい方、これは命令形ではないのだ。「食べてください」というのを、親しさをこめてこういうのである。北海道的親密形ともいうものだった。久しく聞かなかったたいい方。何か懐かしい思いが胸に満ちて、網走にきて良かったと思った。瑠運にもあの、〝北のあけぼの〟を見せてやりたい。

網走尋常高等小学校は、かなり大きい木造平屋建てだった。このあたりの小学校の多くがそうであるように、ここも父母達が木を切ったりなど、建築を助けたと聞いている。明治十七年に網走簡易小学校として開校し、二十八年に網走尋常高等小学校になった。

この三十七年には、尋常科、高等科合わせて、学級数七、生徒は三九四人で、男子二一四人、女子一八〇人。その後、明治三十九年、この学校での貞謹最後の卒業式の時には、九学級、生徒数は男女計四二三人になっていた。貞謹は訓導兼校長として赴任した。

校長室に招かれて入った時、そこに立ち上がった人を見て貞謹は息を呑んだ。本多さん？　あなたがどうして？

違った。高田源蔵、その人だった。それほど本多新に似ていた。細い頤、顎から長く伸びた白い鬚、秀でた額、風雨を浴びた浅黒い頬、全身から発せられる覇気のようなもの。本多にそっくりだった。実際にはその時の高田は五十代半ば、本多

網走尋常高等小学校（提供　網走市立図書館）

よりもかなり若く、貞謹と同じくらいの年齢だったのだが。

「いやどうも。失礼しました。知人によく似ていらして……。このたびは大変お世話になりました。北海道教育会の大窪会長からもよろしくと。下宿の紹介も……」

本多の眼光に睨まれた感じで、貞謹はしどろもどろになっていた。高田は鷹揚に笑うと、

「いやいや。私に似ている人がいるとは、光栄です。誰ですかな。そのお方は。差し支えなければ、教えていただきたいものです」

「本多新先生です。若い頃江戸の開成所で知り合いまして、私の生涯の恩人です」

「ああ、あの本多先生ですか。それは光栄だ。私も心から尊敬しています。さすが安田校長、立派なお知り合いがおありですな」

この高田とは気が合うと、貞謹は感じた。

教師達が集まり出した。七人いるのだが、授業が終わった順にきて、ソファーを埋め、自己紹介をした。その中に、松崎豪と名乗る男がいた。三十代半ばで、千葉県生まれ、数年前に網走にきて、代用教員をやっている。全員揃うと、口々に抱えている課題などを語り出した。

「最大の問題は、明治三十六年四月に小学校令が一部改正され、教科書は原則文部省が著作権を有するものに限るとして、『国定教科書制度』となったことです。検定教科書時代からの突然の変更・決定で、今後は、国の都合のいいように教科書が作られるのではないかと……」

「今年、三十七年から全国一斉に、修身、読本、日本歴史、地理の国定教科書が使われるとい

うことです」

この後三十八年四月からは、算術、図画、四十三年四月からは理科が、定められた。

「今後どのような授業計画を立てるのか、教科への興味の持たせ方、試験の仕方など、ご教示いただきたいのです。私達にはほとんど情報がなくて……」

若い教師達は、国の方針に驚きと恐れを抱いていた。その他にも打ち合わせることはたくさんあった。

その中で、貞謹を喜ばせたのは、秋に近くの小学校や北見の女学校などと合併で、大運動会をするということだった。

「朝の八時から夕方の四時まで、種目も百近くあります。網走川の河畔でやるんですが、それはもう町民総出です。最後に来賓の徒競走、職員の徒競走、そして一同の綱引きで締めるんです」

「それはおもしろそうですねえ。健康的でいいなあ」

実際その年の運動会では貞謹もスプーンレースに出た。球がうまくスプーンに乗らず、あっちに転がり、こっちに転がり、総立ちになった会場の悲鳴やら爆笑やらを誘った。

「校長先生、けっぱれえ！」

どこまでも蒼く深く晴れ渡った大空のもと、万国旗を十字に渡し、テントが並び、ラッパが鳴り渡り、楽しい運動会だった。網走の秋の空はこんなにも大きくて深いのかと、貞謹は感嘆したものだった。

それは後のことで、この時は教師の説明が続いていた。

「それと、札幌ではどうか知りませんが、こちらではお正月休みの間に、学校で『新年交礼会』とか、『名刺交換会』をします。これは新しく入植してくる方などとの、名前や仕事などの情報交換です」

「ああ、それは大事なことだ。運動会といい、名刺交換会といい、そういうことがあってこそ、町民は一丸となれるのだよ」

「最後に二つ申し上げます。今年の卒業式は、三月二十六日土曜日と決めました。この日は大安です。もう一つは、来年十二月を目途に、この学校に付属実業補習学校を設置することになっており、少しずつ準備が進んでいます」

「分かりました。課題もありますが、一つずつ取り組んでいきましょう。これからどうぞよろしくお願いします」

ここにくることになったいきさつ、火事のことを語ろうかと思ったが、それは大窪会長や高田を通してみんな知っているだろうと止めることにした。

……三月二十六日が卒業式。あの白と緑の美しい洋風の校舎で、その日に執り行うはずであった卒業式……。永遠に失われた卒業式。その代わりに、この地で、この茶色い木組みの校舎で卒業式……。

突然襲ってきた激情。それに身を震わせて目をつむり、唇を嚙みしめた。胸の中の太陽が砕け散った。「国破れて山河あり」、貞謹の国はボロボロに破れて、紙切れのように風に舞い、炎とともに飛び散ってしまった。目の前が暗くなっていく。

「校長先生！　どうかしましたか？」

「長旅の翌日に、朝早くから日の出を見に行くなんて無茶ですよ」

教師達が驚いて立ち上がり、ソファーの席を空けた。

「いや、疲れました。無理しましたね……」

そのまま、何かが砕け散ったような気分で、意識を失ってしまった。

3　日露戦役記念網走図書縦覧所の設立

体調の良くない日が続いた。何をやっていても、かつての日が思い出され、そのたびに胸が疼くのだ。立ち上がることができなくて、学校を断続的に休む日が続いた。医者は大腸にいささかの難があるけれど、それはたいしたことない、むしろ神経衰弱ではいかと、気分を上向きにするという薬を処方してくれた。医者はいった。

「下宿とは、淋しいですなあ。家族を引き取れませんか」

「それが……、父が高齢でして」

父貞良は、数えの八十八歳、早めの米寿の祝いをしてきたのだった。すっかり面やつれして、細く小さくなった。最近は寝込むことが多い。父よりも若い母はまだ元気とはいえ、看病と瑠運の子育ての手伝いで疲れ切っている。前から婚約していた次女のモトが、この七月に静岡に嫁ぐことになっている。瑠運一人の肩にかかっている家族のあれこれ。それはどれほどの心痛であることか。貞謹は医者にいった。

「子どもが膝に乗ってきたり、絵本を読めとせがまれたりする生活が、いかに心を安定させるか、初めて知りましたよ」

「そうでしょうなあ。普段はやかましく騒ぐ子どもらも、いなくなれば淋しいですからなあ」

卒業式が済み、新学期が始まり、北国の遅い春が終わりに近付いた頃、薬が効いたのか、気分が上向きになり、元気が出てきた。瑠運から電報が届いたのは、ちょうどその頃だった。

「チチキトクスグカエラレタシ」

貞謹は思った。この際、少し休職させてもらおうか。就任したてなのに、休んでばかりの校長、網走の人はどれほど失望していることだろう。とくに「相当の人物」として貞謹を推薦してくれたという高田源蔵には大変申し訳ない。しかしこのことで、心機一転できるかどうか、とにかく逃げ出した札幌に一度帰ってみよう。父の葬式も出さなければならないのだ。火事の後の残務処理は清川にまかせているが、そのことでじっくり話し合う必要もある。

三カ月の長期休職ということだが、その間は代理校長を置いて、校長の籍は置いておいてくれるという。なんという温情だろうか。六月から八月一杯。九月には帰ってきて、大運動会に顔を出したい。

札幌行きは正解だった。何かが吹っ切れて、ボロボロに破れた貞謹の胸に、その破れた国に、ふたたび日の出が戻ってきたような気がした。網走に戻ってからは、何回も日の出を見に行った。見るたびに、宇宙の壮大さに抱かれているような安心感を抱き、心が癒された。

網走の人は、人情が篤く、この不出来な校長に優しかった。

「先生。すっかり元気になったんでないかい？　太ったしさ。別人みたいださ。お葬式も無事済んだんでしょ。ご愁傷様だったねえ」

下宿のおかみさんもいう。

「無事帰って、いかった。みんな帰るのを待ってたんだよ。わしさあ、ご飯が合わないんじゃないかと思ってさあ、料理屋のおトキばあさんのところにいって、料理習っていたのさ。うまいもん一杯食わしてやっから、ちゃんと食べなさいよ」

九月末のある日、貞謹と高田は、海岸近くの飲み屋で一杯やっていた。二人は年齢もほぼ同じで、ウマが合った上に、本多という共通の話題もあり、何かと会うことが多かった。その夜も、「一杯やりますか」、そんな感じで、落ち合ったのだった。

「高田さんには迷惑かけましたね。せっかく私を招聘してくれたのに、意気地なくて、病気休みばかりの上に、長期の休みで……」

「そんなことはありませんよ。先生のような目に遭えば誰だって心も身体も破れますよ。この間『国破れて……』っていう杜甫の詩を教えてくれて、そうなんだって納得しましたよ。『国敗れて』とは、〝やぶれて〟の意味が全然違うんですな」

「それでね、高田さん、私には若い頃からの夢があったんですよ。燃えてしまった小学校に付属でつくろうと思っていたものです。その夢は火事で消えてしまいましたが、この網走でできないものかと」

貞謹は、若い頃江戸の開成所で、西周先生の講義を聞いたこと、その中に、オランダの大学の図書館の話があったことを語った。

「それが立派な建物で、背文字が金で書かれた古今東西の書物を並べているのだそうです。そこには、書物への尊敬と学問への尊崇があると。私は、その図書館というものをつくってみたいと。誰でもが、ただで本を借りて読むことができるんですよ」

高田は、大きくうなずいて、

「私はね、先生。近江の村の小倅で、十一歳の時に大阪の藤野家に丁稚《でっち》であがった者です。先生のように学問はないのです。でも、子どもの頃から本が読みたくてね、貸本を借りる金もないし、誰かがただで貸してくれないかって、うろうろして叱られて」

「高田さんが苦労人だとは聞いていました。向学心があったんですね。それじゃあね、みんながただで本が読める、そういうものをつくりませんか。本を読みたい子や大人のために。本や寄付を募って。図書館といいますが」

「ああ、それはいい。私はね、子どもの頃に本を読んでいないということが、恥ずかしくてね。本が読みたい、でも本がない。ただで読める本、どんなに欲しかったことか。やりましょう、先生。貧しい家の子であっても本が読める、そういう場所、図書館っていうんですか。つくりましょう」

「賛成してくれますか。これは嬉しい。私の長年の夢です。高田さんの夢でもあります。問題はお金です……。ご承知の通り、私は無一文で」

「去年は、日露戦争にも勝って、この町でも提灯行列やったんです。そうだ、日露戦役勝利記念とでもしたら、寄付も集まりますよ。このあたりの人は、本好きですから。少し離れた大曲っていうところに、〝網走書籍《しょじゃく》館〟って、読書施設があるそうです。今もあるのかどうか。キリスト教の伝道のようですが」

日露戦役勝利記念か……。そのおかげで、学校再建の望みが絶たれたのだ。複雑な思いが、胸をよぎる。

「それで、この計画には、中心になって進める人間が必要です。推進事務局のようなものです。私はもちろん加わりますが、高田さんも」

「いや、私は仕事柄、表に出るのはどうも。資金援助などはできますがね。その代わり、若くて行動力のある二人を紹介しましょう。一人は、貴田国平。彼は明治の生まれでまだ三十代半ばだと思うけど熱血漢でね。網走港の改修運動を、東京の国会まで行ってやってきた男ですよ。しかも道庁の広井勇博士まで巻き込んで。網走築港期成会を創立したんですワ。私が会長させてもらっていますがね」

「信念の男ですな。是非、紹介してください」

「もう一人は、松崎豪」

「あ、彼はうちの学校の代用教員でした。私と入れ違いに辞めて、網走町外二ケ村組合の書記になりしたよ。面識はありますね」

「この男も実力者ですよ。貴田君よりも一歳くらい若いんじゃないかな」

「じゃあ、松崎君にいって、今度の日曜日にでも四人で会うよう、貴田君に連絡してもらいましょう」


貴田もまた「待ってました」とばかりの勢いで動いてくれた。場所は空家を借り、本は、網走尋常高等小学校からの寄付、住民らの寄付で揃えた。寄付金も予想以上に集まった。また、貞謹の希望で、江戸時代からの貴重な書籍『増補・圓機活法詩学全書 二四巻一四冊』(明暦二年〈一六五六〉積徳堂)『大學章句』『論語集註』をはじめ、多数の漢籍も寄贈により揃えることができた。閲覧は無料としたが、管理人が必要で、有給で雇うことになった。

「これは武田信玄なみですな」

「その、こころは」

「疾きこと風の如く」

若い二人は、くだらない冗談をいいあっている。

「いつ開館にしますか」

高田の問に、貞謹は答えた。

「やっぱり一月ですね。年の初めにしましょう」

翌明治三十九（一九〇六）年、一月二十一日、「日露戦役記念網走図書縦覧所」が開設された。所長は、貞謹が務めることになった。

開会式は役場の二階で行われた。二〇人が出席し、貞謹が式辞を朗読し、貴田が理事を代表して創立の経過を報告した。その後名士による式辞が続き、式後全員で視察を行った。

この年の三月に、貞謹は校長として、卒業式を挙行した。この小学校三度目の式であった。図書館はちょうど一年後に、「日露戦役記念私立網走図書館」と名称を変えたが、さらにその翌年四十一年には、独立の新館を設立した。階段を十段ほどあがった小さな斜面の上に、白い木組みの二階建て。敷地九八坪は高田の尽力で藤野家から無償貸与、新築費千百八十円は、町民有志による寄付であった。

設立の年の会館日数は三三七日、閲覧人員は六三〇人だった。一日当たり、二人弱である。

「思っていたよりも少ないですね」

貴田が残念そうにいった。高田は、

「そのうち広く町民に知られたら、この五倍、十倍になりますよ。網走以外からもくるでしょう。それは数年のうちでしょうよ」

その高田の予言は的中した。いかに住民が書物に飢えていたか、高田の経験は高田一人のものではなかったのである。

わずか八〇〇戸の町民の、書物への尊敬の念であった。

この二年後、貞謹は、高田源蔵、支庁長とともに、図書館の名誉会員になった(五年後、明治四十四年の入場者はなんと三一三二人と激増していた。その時の蔵書は和漢洋書一一一七冊、寄託書一九九〇冊になっていた。その後は、北海道初の図書館として、現在は網走市立図書館となった。江戸時代の漢籍は今も大切に保管されている)。

日露戦役記念私立網走図書館
(提供　網走市立図書館)

公立小学校の校長職は、だいたいが二、三年の任期である。前任の校長達を調べてもその通りだった。貞謹が三年、三度卒業式を挙げることができたのは、珍しいことだった。貞謹はずっと私学だったので校長の転任はなかったが、札幌あたりでも公立の小学校長の任期は短かった。松崎が、皮肉めいていったものである。

「校長は、教師生活の頂点。最後の花道ですから、みんなで少しずつ分け合うのですな」

貞謹は、高田に相談した。

「私はご存じの事情で、もう少し働きませんと。どこか転勤先がないものか、支庁長に相談してくれませんか」

ちょうどその頃、大窪会長からも手紙がきた。

……函館の商船学校で、漢学の教師を探しています。あなたの得意科目ではないか。函館の方が気候温暖。いかがなものであろうか……。校長としてではなく、平教員なのは、申し訳ないが……。

函館。人生を始めた地。その地に終焉を迎える年齢になってまた行くのか。これは因縁だと貞謹は思った。

ところが時期を同じくして、高田の方も返事を持ってきた。

「旭川の近くに比布《ぴっぷ》というところがありまして。そこの小学校が、来年度から高等科を置いて、尋常高等小学校にするそうです。それで、経験のある校長を探しているのですよ。この話を支庁長から聞いた時、すぐ先生を思い出しましてね。どうですか。小さな町の小さな小学校ですが、父母が教育に熱心です。行ってくれませんか」

函館は少し待ってもらおうか。人生最後の校長職だ。比布という町に寄ってみよう。札幌にも近いし。何よりも、子どもの側にいたい。心が動いた。

「漂泊の身だ。求められるままに漂ってみるか」

比布の教育熱心な父母にも会ってみたい。立派な卒業式で子ども達を送り出そう。貞謹は高田に訳を話していった。

「一年だけ、比布に行きましょう。教育の柱を立てましょう」

4　開拓期の教育の原点

その校舎の前に立った時、貞謹は目を見張った。

「これは、室蘭の常盤学校ではないのか?」

明治九年に開校し、初めて校長となったあの小学校。

「まさか」

貞謹は目をしばたたいて、苦笑した。それほど校舎の姿が似ていた。大きな屋根の下の茶色い下見板。貞謹は大きく首を振った。最近は、よく過去と混同する。高田の時も本多と間違えた。昔会った人、見た物に似ていると思う癖がついているようだ。

「何見てるんだ。まるで大きさが違うじゃないか。窓の数も煙突の数も常盤よりもここの方が格段に多い。生徒が二三〇人以上もいるのだ」

白昼夢から醒めたように、改めて校舎を見た。そこは比布西尋常小学校であり、明治四十年で生徒数二三〇人。翌四十一年三月には、比布尋常高等小学校と改称される予定だ。

「この学校で、生涯最後の卒業式をやる。ここが私の花道だ」

玄関を入ると、退任予定の校長河辺茂行が迎えてくれた。この学校では、ここ二年校長職は一年で替わっている。

「お待ちしてましたよ。田舎なんでびっくりしたんでないですか」

「旭川の町並みを出ると、すぐ原野ですね。開拓には苦労されたでしょう」

「まあそれは。語れば尽きないものです。ここの開拓に入った人達は、教育熱心でして、これまでもいろいろな教育所があったんですよ。開拓の成否は、人材の教育にかかっていると」

「おっしゃる通りですね。私は明治四年に二十歳で渡道し、北海道の開拓の様子を少しは見てきましたが、やはり開拓は、人、です。風儀の正しい子どもが多い町は、発展していますよ」

「そうでしょうなあ。このあたりでは『学校区域経済』といってますが、この学校だって設立費用はすべて比布原野内の住民の寄付ですよ。材木の切り出しや製材などは住民が総出でやったんです。その勢いたるや、四三坪の校舎を一六五日で完成させたっていうんですから。熱意に頭が下がりますよ」

「ああ、いいお話を伺いました。なんと立派な人達でしょう」

私は……、と貞謹は思った。瀟洒な校舎を建てて、得意になっていた。父母とともに労働する、それこそが教育の原点なのかもしれないのに、それを忘れていたのではないか。ここのこの小学校にこそ、開拓の原点、教育の原点があるのではないか。思えば、室蘭の父母達も、免職になった自分を三年間寄付で支えてくれたではないか。自分の帰るべきは、この原点にあるのではないか。

そうなのだ、初等教育への熱意こそが、この北の大地を照らすあけぼののなのだ。やがて彼ら彼女らは青年になり、壮年になるが、その心性の根には、初等教育に対する教師や親の情熱が光を放っているはずだ。それがこの北海道の開拓を推し進め、やがてこの大地は日本有数の穀倉地帯になるだろう。人口も、安井息軒先生の予言のように大きく増えるだろう。北海道はやはり希望の大地なのだ。

常盤学校か？　と思ったあの瞬間、あれは父母の熱意や学びたいという子どもの希望、その原点が同じだったからだ。

私も自分の心根をここで叩き直そう。虚飾を捨てよう。ようやく火事から立ち直ることができたと思った。

「先生。校舎の様子を見ますか。子どもも何人か補習できてますし」

「あ、見せてもらいましょう」

三月末の廊下は冷え冷えとしていた。教室も質素なつくりで、机も椅子も素人の手作りだとすぐ分かった。

子ども達はストーブの周りに集まって、教科書か何かを開いている。網走の子らもそうだったが、みんな古い布子の筒袖を着て、擦り切れたような裁着袴《たっつけ》を履いている。赤ん坊をおぶってねんねこ姿の女の子もいる。どの子も色が黒く、肌がカサカサしているが、顔はみんな丸々として元気がいい。目が光っていて、大きな声で読み上げる。

「子ども達の様子がじつに闊達ですな。いい教育をなさってきましたね。私が常々子どもにいってきかせたのは、大きな声を出しなさい、まっすぐに相手の目を見つめなさいということでした。それができていますね。風儀がいいですよ」

「ありがとうございます」

「女の子が、少ないようですね。札幌でも網走でもそうでしたが、いまだに、女には教育は要らないという親が多くて」

いいながら、貞謹の胸が激しく疼いた。自分の家の女の子はどうなんだ……。こんなことという資格があるのか……。

比布にくる前に、札幌で一週間ばかり過ごした。

女ばかりの所帯だった。貞夫は東京に出奔して以来、何の音沙汰もないし、末っ子の貞道は、どういうわけか身体が少し弱く、そろそろ小学校なのに、行けるかどうか……その上、母のキヌも衰えて、最近では寝たり起きたりの生活である。

しかし瑠運はいつものように、快活に夫を迎えた。

「女同士、団結してやっていますから、ご懸念には及びませんよ」

嫁・姑の諍いもないはずはないのだが、二人にはその影は見えない。胸中はともかく、この二人は力を合わせて苦境を乗り越えてきたし、これからも乗り越えようとしている。しかし、このまま母が寝付いたら……。瑠運も四十半ば、苦労ばかりの人生だ。函館での生活が落ち着いたら、近くの温泉にでも連れていってやろう。

「私の不甲斐なさのために、瑠運を幸せにしてやれなかった。すまない」

仙台の銘酒、勝山で祝ってくれた瑠運の父桐殿にも、申し訳ない。長男の教育を間違えたことも、自分の責任だった。

この時何よりも胸に刺さったのは、八重が高等科に行かなかったことだった。この三月で尋常科を終えるので、米問屋に奉公に出ることにしたというのである。

「どうして。金のことか。ならば借金してでも……」

「いえ、お父様。私、働きたいんです。働いてお母様を助けたい」

八重……。子ども達の中でも一番利発だった娘。いつかは東京の高等女子師範へと夢見ていたのに。あの火事の夜だって、確かそんな話をしたはずだ。

火事は、自分の未来のみならず、娘の未来をも奪ってしまった……。憎んでも憎みきれない放火犯、八つ裂きにして、切り刻んでやりたい……。

こうして女の子達は、家族のために進学を諦める。その健気さの故に、親への愛の故に、自分を犠牲にする。長く校長をしてきた者の娘が、尋常科だけで奉公に行く……。多くの娘達のように……。

「八重、この父の挫折のために、お前をも犠牲にしてしまった……」

重い心で貞謹は、比布小学校の前に立ったのだった。


その年と翌年三月、貞謹は比布尋常高等小学校の校長、生涯最後の校長職として二度の卒業式を執り行った。一年の予定が二年になった。

この後は函館に行く。人生を始めた地に、人生も終わりに近付いている今、零落の身をもって向かう。一教師として。

貞謹はひっそりと呟いた。

「国は破れたままだ。まことに私の人生らしい終幕だ」

終章　明治の柩は、静かに覆われた

函館商船学校の漢学教師として赴任し、二年が過ぎた。あの火事以来、網走、比布と二、三年おきに移動してきた。家族とも離れて一人暮らしが続いている。

若き日、青森から船で着き、さらに小学教科伝習所の学生としてきて、まさに人生を始めたこの地、函館。その地に、晩年になってまたやってきた。出発点に戻った。人生の円環というには寂寥感が伴うが、しかし、何か心を落ち着かせるものがある。

最近本多新から便りはないが、元気にしているだろう。家族の物語を書くといっていたが、書き終えただろうか。室蘭港の軍港反対運動では先頭に立ち、老いてなお筋を通す一生を見せてくれた。

「本多さんに出会ったことが、私の一生を決めた。開成所でのあの教室。平凡な男であった私に、いつも活を入れてくれて。二人で酒を飲んで、未来を語って、楽しかったなあ」

明治二十四（一八九一）年に東京商船学校函館分校として新築されたこの校舎は、西洋の建築のように瀟洒で、美しい。その後明治三十四年十一月から北海道庁立函館商船学校となった。

学校の玄関口に立って、潮風を浴びつつ日本海の夕日を眺める。貞謹の日課になっていた。週二、三回は校舎の世話係の山本利助も加わり、立ち話でちょっとした世間話をする。彼は江戸の両国の生まれ育ちだそうで、ご一新前の江戸の話をする。それがいつの間にか、小さな息抜き、楽しみになっていた。

「利助さん、私は札幌を出る時に、落魄の身だと思った。人生の敗残者だとも思った。しかしそれは考え違いだと最近しきりに思うようになったよ。私を函館に導く何かがあったんだよ」

「それは何でしょうかねえ」

「そうだねえ。よくは分からないが、教育の原点ともいうべきものに帰れということかもしれない。教育は現場にこそあるのに、私は慢心して、校主などと名乗って、学校を大きくすること、有名にすることを願った。あの火事ですべてを失って、私は初めて自分の間違いに気がついてね。網走や比布の父母達の一途な教育への渇望、子ども達の未来への憧憬、大事なものを教えられた。今一教師になって、本来の教師の姿に戻った思いだ。これが実に気持ちがいい」

教師とはありがたい仕事だと、改めて気がついた。室蘭から始めた教師生活は三十年を超え、この間、何人の生徒を教えたことだろう。昔の教え子は皆三十代かそれ以上になって、世の中の中堅となった。北海道がここまで大きくなったのは、あの子達の力だと思う。

「全部で何人くらい教えましたかな」

「それはちょっと分からないね。膨大な数だ。彼らの人生の出発に立ち合えて、幸せだった。網走の日の出が教えてくれたんだね。網走の人達に出会ったことが、私の再生につながったんだよ」

「日の出が？」

「私は網走に三年ちょっといてね。しょっちゅう日の出を見に行ったものだ。あそこは空が大きくて、高いんだ。だから日の出は、そりゃあ、壮大だ。大きくて真っ赤な太陽が、空を金色に染めながら、はるかなオホーツクの海の向こうから静かに昇ってくる。やがて白金のように輝く。厳粛そのものさ。胸の中に朝日が入り込んできて、熱くなる。胸が」

「函館にもでっかい日の出がありまっさ」

「そうそう。函館でも日の出を見たよ。これも壮大でいいね。その上、ここでは日本海に沈む太陽だ。これがまた大きい。破裂せんばかりに輝く。空を真っ赤に染めて、震えながら海の彼方に落ちていく。日の出と日の入りをたっぷり眺めて、地球の鼓動を我が身に感じる。これは、札幌にいては知らなかった感動だよ。あの火事以来、挫折の人生だと思ってきたが、計らずも日の出と日の入りを見てね、これは、私の人生に与えられたご褒美かと思えてね」

「全財産を失って。家族とも別れて働いて。辛いご褒美ですな」

「負け惜しみかもしれないけど、そういうご褒美もあるってことだ。夕焼けが美しいのは、また会いましょうというご挨拶でね。明日を信じることができるよ」

目の前の道を、ランニング姿の生徒達が一団となって駆け抜けていく。秋も終わりだというのに、短パンに半そでのシャツ。腕も足も筋肉が盛り上がり、そこに汗が流れ、夕日を受けて肌が光る。厚い胸が躍動し、命が輝く。長年小学生ばかりを見てきた目には、中等教育の少年達は大きくたくましい。彼らと唐詩の解釈をめぐって議論するのも楽しいし、生徒勧誘の出張もおもしろい経験だった。

——君達は、どんな人生を送るのだろう。船員として荒波を乗り越えていくだろうけど、人生もまた荒海だよ。羅針盤はないよ。人生の船がどこにたどりついても、必ず生き抜き給え。人生っていうのは、必ず日の出と日の入りがあるのさ。つまり、生きてさえいれば、ご褒美がくる……。

「何をブツブツといってるんですか、先生」

「いやあ。あの子達に一席ぶっていたのさ」

「もっと大きな声でないと、聞こえませんで」

「いいんだよ。聞こえなくたって。生きるってことは、それほど悪くはないってこと」

いいながら、しかしそこには無理があると自分でも思う。

あの無念の日から三カ月後に家を出て網走に向かい、以来六年余。放浪の生活だ。家族とも離れ離れだ。用事でたまさか札幌に帰ることはあるが、居住して教鞭をとることなど、考えもしなかった。

ある時利助が聞いてきたことがある。

「先生は札幌に戻る気がないんですかい」

「ないね」

そこにある、臆測、非難、嘲笑、恥辱、憐憫、同情などなど、さらにさらにいまだ火付けの犯人が分からない、その悪意を思えば、札幌で人に会う気もしないし、ましてや定住するなど考えたくもない。あの火事が、自分の人生を、子ども達の人生までもどん底に落とし、破壊した。どん底に落ちた人間は、転げ回るしかないのではないか。

——結局は、逃げたんだ。

貞謹は何度も考えた。自分にはいったいどんな落ち度があったのか、誰の恨みを買ったのか、なぜ恨まれたのか、それがどうしても分からない。自分でも気のつかない人格的な欠陥があったのか。瑠運は、浮浪人かなんかが入り込んで、ちょっと暖まろうとしたことが大火になってしまったのではないかと慰めてくれるけれど。

思えば、杜甫や李白などなど、たくさんの放浪の詩を読んできて、その辛苦や孤独に思いを馳せてきた。今はまさに、自分が同じ漂泊の身の上になって、唐詩の理解が深まったとはいえ、それは貞謹の心をますます水底に沈めていくようなものだ。

今の心境を杜甫の詩で語れば、

「艱難《かんなん》　苦《はなはだ》恨む繁霜《はんそう》の鬢《びん》」

というところだが、充分に解釈しているのかどうか。杜甫が亡くなったとされるのと同じような年頃になったけれど、杜甫の心の奥にはまだ入っていけない。

李白の故郷を思う気持ちにも、共感する。

「頭を挙げて山月を望み、頭を低《た》れて故郷を思う」

私の故郷は、どこか。やはり江戸か。あの希望に満ちた開成所の頃。西周教授。安井息軒先生。ああ、本多新さん。室蘭常盤学校。そうだ、網走に招かれたこともなんという幸運だったろう。高田さん、あなたも私の故郷だ。

胸の思いを振り切り、頭を高く挙げて、走り去る生徒達に語る。

「失意の時は日の出と日の入りを見なさい。そこに未来への希望を教えてくれるものがあるかもしれないよ」

利助が、何やらぶつぶつ呟いているが、よく聞こえない。

「この函館の小学教科伝習所で学んでいた頃は、人生の終わりにまたここにくる、しかも丸裸でくるなんて、思いもしなかったよ。そんな落ちぶれた男が、お日さん拝んで、宇宙の鼓動を感じて、それで明るく生きようっていっている」

失わなければ得られない。そんな風景がある。そんな峠がある。

「でも、先生は結局、何も奪われなかったのではないですかい。捨てる神あれば拾う神ありといいますがな」

「そうともいえるかもしれないねえ。数え切れないほどの教え子の胸の中に、私は住んでいるかもしれない。教師の名前なんて忘れているだろうけど、朝日の校舎、夕日の校庭の思い出の端っこに、何かが残っているような気がするよ。それが拾う神かもしれない」

秋の夕風が肌にひりひりする。刺すような冷気。貞謹は、ひっそりと呟いた。

「天地に一人、裸一貫」

それもいいんではないかい、どこからかそんな声がした。


貞謹が元気だったのは、その日までだった。

突然発熱し、病気休職となった。年末にかけて、ひどい痛みと熱に苦しんだ。瑠運が札幌から飛んできて介抱したが、病状は回復しなかった。


安田貞謹没。

明治四十四（一九一一）年一月十五日。満六十歳。

死因は不明。没地は函館と思われるが、確かな資料はない。

明治の柩は、静かに蓋を閉じた。

＊＊＊

函館小学教科伝習所は、その後函館師範となり、函館教育大学となった。函館師範卒業生名簿の第一行は「明治九年卒業」であり、その一番目に「青森県士族安田貞謹」とある。

＊＊＊

平成二十三（二〇一一）年二月二十六日、室蘭市立常盤小学校は閉校した。昭和三十四（一九五九）年には、生徒数二一六八人を数え、他校の教室を借りるほどだったが、閉校時在校生は七二人、市内の市立武揚小学校と統合した。

開校以来、一三四年の歴史であった。

ここでも、明治の柩の蓋が閉じられた。

＊＊＊

「日露戦役記念網走図書縦覧所」は、その後「網走市立図書館」として百十年以上存続し、北海道初の図書館と謳われている。安田貞謹らが集めた江戸時代の貴重な書籍もまた、大切に保管されている。貞謹の若き日の思い、「書籍への尊敬と、学問への尊崇」は、網走の人々によって受け継がれた。

安田貞謹は、新校舎炎上と全財産焼失により、漂泊の晩年を生きたが、良き仲間を得て人生の初志、図書館を残した。彼をこう呼んでもいいのではないだろうか。

〝悲運を超えた明治の男〟と。

あとがき

安田貞謹は、私の母方の祖父です。

母八重は、七歳の頃から祖父と別れて暮らし、十三歳で死別しました。しかも火事で家蔵資料はすべて焼失していますので、母は何も知らないも同然でした。母はよく祖父の話をしましたが、多くは根拠のない自慢話でした。母のわずかな記憶の中で、祖父の像は大きく膨らみ、やがて「偉大な人」となったものと思われます。

小学校低学年の頃、父に連れられて当時室蘭常盤小学校にあった、祖父の写真を見に行ったことがあります。驚いたことにその写真は、不機嫌でくたびれていて、「偉大なお祖父さん」と聞かされていた印象とはあまりにも違っていました。今にして思えば学校火事の後の撮影だったのかもしれません。他の校長先生達には立派な八の字髭があるのに、祖父にはついてないことも、どんな人だったのだろうという思いを強くさせました。

「安田貞謹とは、いかなる人生を送った人なのだろう」

胸に疑問が残りました。

母は乏しい記憶の中から、六つの言葉を残してくれました。「開拓使」「室蘭・常盤小学校初代校長」「西周先生」「開成所」「学校の火事」、そして「義経の副将軍、安田義定」。

これらの言葉を手がかりに、少しずつ資料を集め、数多くの人に教えを乞うことから、本書はスタートしました。

最初のきっかけは、祖父の「履歴短冊」を発見したことでした。二十年ほど前、所用で札幌に行った折、ふと北海道庁旧庁舎（赤レンガ館）に何か資料があるかもしれないと、入ってみました。驚いたことにそこには、祖父直筆の「履歴短冊」が、数枚残っていたのです。藩名、役職、開拓使雇いの年月、賃金などが書いてありました。これにより、明治維新前の藩名、渡道以来の教職の動きなどが分かってきました。さらに室蘭市史により、若き日に北海道で名高い自由民権運動家、本多新氏との親交があったこと、その影響が安田貞謹の一生の基となったことも知りました。

驚いたのは、私の長女がほんのいたずらで、ネットに祖父の名前を入力したところ、「網走市立図書館」の記事が出てきたことです。晩年、祖父が網走にいたとは、まったく知らないことでした。しかもその図書館が北海道最初のものであり、現代まで百年以上も続いているとは。後に江戸時代の貴重な漢籍が保存されていると知りました。

貞謹の若い頃と晩年が見えてきましたが、この間を埋める資料は、ほんのわずかでした。多くの人物伝がそうであるように、フイクションで埋めた部分も多く、ノンフイクション・ノベルとなっています。しかし、明治開拓期の北海道にどういう教育者がいたか、どういう人生を送ったか、いささかなりとも足跡を明らかにすることができたと思っております。

安田貞謹は、悲運の人でした。しかし、すべての財産を失った後で、網走の人達の協力で、若き日の思い、つまり書物の集積を世に残しました。それは現代にも受け継がれています。泉下の貞謹がこれを知ったらどれほど喜び、「大凶は吉に返る。どんな悲惨な人生にも、蝎光はあり」などと難しい顔でいうに違いありません。

本書の執筆にあたり、多くの方々にご教示とご協力をいただきました。簡単ですが、篤く御礼申し上げます。

網走市教育委員会教育部次長（当時）の伊藤和宏様

氏の資料検索、関係資料の整理などのご協力がなければ、本書はできませんでした。さらに、網走市立図書館に私を紹介してくださった、元編集者の野本道子様。彼女の好意がなければ伊藤様とも知り合えなかったのでした。網走市立図書館の元館長小野寺寛様・松山健様をはじめ、職員の皆様にもお世話になりました。

青森大学　元学長盛田稔様
七戸藩における安田家の位置づけ、廃藩置県の際の動きなどを詳細に調べてくださいました。

室蘭市　市史編纂室主任編集員（当時）久末進一様
開拓初期の室蘭の市史および市街図をはじめ、常盤学校開校時の資料など、多くのご教示をいただきました。

北海道立アイヌ民族文化研究センター　小川正人先生
幌別における祖父の活動について、「現代の視点から見れば評価できない部分もある」と教えていただきました。先生への紹介の労をとってくださったのは、北海道教育大学教授　坂本紀子様でした。

この他にもご協力いただいた方々です。
室蘭市立常盤小学校校長（当時）　佐々木哲弘様
登別市立幌別小学校校長（当時）　中山重夫様
札幌市消防局消防司令補（当時）　曽根敏夫様
北海道教育大学函館校総務課（当時）　寺山秀人様
北海道比布町教育委員会主事　館崎有希様

東京海上日動火災保険株式会社広報部　越村幸直様
札幌市水道局総務部総務課　高田敏幸様
網走をはじめとして、札幌、函館、相模大野の図書館の方々には、大変お世話になりました。
他に、電話やメールなどで、ご教示をいただいた方々がたくさんおられます。
また、安田貞謹の孫太田政光、曾孫太田茂樹、高島昌孝にも取材を協力してもらいました。

今年、平成三十（二〇一八）年は、明治百五十年になります。札幌市の人口は東京区部を除けば、横浜市、大阪市、名古屋市に次ぐ日本第四位の大都市になりました。
私は飛行機で北海道の上空を飛ぶ時、眼下に広がる広大な田畑にいつも涙がこみあげ、先祖の労苦に心からの感謝の思いを抱きます。その大地を切り開いたたくさん先祖の一人に、「北海道の開拓には、初等教育が大事だ」と生涯をかけた小学教師、安田貞謹も加えていただければ、幸いでございます。

本書出版にあたり、現代書館代表取締役社長菊地泰博様、同社編集部山田亜紀子様のお世話になりました。篤く御礼申しあげます。
平成三十年七月

沖藤　典子

安田貞謹年譜（年齢は満年齢）

嘉永3年	一八五〇年	0歳	十二月十八日　父安田貞良、母キヌの長男として、江戸麹町に生まれる。貞良は江戸詰大名南部美作守信民の家臣。
明治元年	一八六八年	17歳	十月二十三日　明治元年から二年にかけて開成所で西周（一八二九〜一八九七）のもとで学ぶ。ここで、本多新（一八四三〜一九一四）に出会う。本多の紹介で安井息軒（一七九九〜一八七六）に会い、教えを受ける。安井の『蝦夷地開拓論』の講義を受けていた可能性あり。
明治2年	一八六九年	18歳	六月二十四日　南部美作守、江戸より七戸に転居。家臣安田貞良、貞謹も同行。
明治4年	一八七一年	20歳	二月二十四日　七戸藩学輔兼主記拝命。 七月二十九日　七戸藩十五等出仕拝命。 八月四日　七戸県権少属拝命（七月十四日廃藩置県）。 十月三十日　七戸県、青森県と合併のため廃官。 十一月頃　貞謹、北海道に渡る。
明治8年	一八七五年	24歳	開拓使雇いとなる。月俸七円。 九月十九日　雨龍黌漢学方拝命（雨龍黌は札幌の雨竜小学校の前身）。
明治9年	一八七六年	25歳	一月九日　依願御雇被免。 二月〜九月　小学校教師の資格を得るため、函館の小學教科伝習所で十カ月間官費留学（小學教科伝習所は教員養成学校で師範学校の前身。明治八年七月に函館と福山〈松前〉に開設された）。 十月三十一日　本使御雇拝命。月俸十円。室蘭在勤教育所係拝命。 十一月十六日　本多新が創設した室蘭常盤学校の校長に就任。
明治10年	一八七七年	26歳	幌別（現登別）の桐軍治の長女、瑠運と結婚（二男五女をもうける）。
明治11年	一八七八年	27歳	常盤町の開拓使勧工課旧官舎を改修し新校舎を建設。月俸十二円。
明治15年	一八八二年	31歳	幌別小学校の初代校長（常盤小学校長と兼務）に就任（幌別小学校は常盤小学校の分校となった後、明治十五年九月に単独校となった）。

明治16年	一八八三年	32歳	常盤小学校の校長を辞職して（七年間の勤務）、幌別に転居する。
明治22年	一八八九年	38歳	幌別小学校長を退職する。 十二月一日　札幌市に私立育成尋常高等小学校を創設。
明治24年	一八九一年	40歳	三月　『北海道教育会』に入会。
明治25年	一八九二年	41歳	七月二十五日「北海道教育会雑誌」第14号に「小学生徒の風儀に就いて」の講演録が掲載される。
明治26年	一八九三年	42歳	「北海道教育会雑誌」第9号に育成尋常高等小学校第4回卒業式についての記事が掲載される。校主　安田貞謹、校長　清川泰。
明治27年	一八九四年	43歳	五月三十一日「北海道教育会」の評議員に推挙される。
明治31年	一八九八年	47歳	二月十九日　五女八重誕生（沖藤典子の母。一九六六年　68歳で没）。
明治35年	一九〇二年	51歳	北海道教育会の役員選挙で貞謹は次点。評議員を辞任。年末に私立育成小学校新築移転。
明治36年	一九〇三年	52歳	十二月十八日　私立育成小学校、全焼。当時の新聞は放火の疑いありと報道。児童は各区立の小学校に収容。育成尋常高等小学校は廃校となる。
明治37年	一九〇四年	53歳	二月二十九日　北海道教育会の終身会員となる。 三月十四日　第六代網走尋常高等小学校訓導兼校長に就任する。俸給4級下。
明治39年	一九〇六年	55歳	一月二十一日　貴田国平、松崎豪とともに「日露戦役記念網走図書縦覧所」を開設。所長に就任。
明治40年	一九〇七年	56歳	比布西尋常小学校長に就任。翌年比布尋常高等小学校と改名。
明治42年	一九〇九年	58歳	三月　比布尋常高等小学校長退職。 四月　北海道庁立函館商船学校教諭に就任。
明治44年	一九一一年	60歳	一月十五日　死去。 三月　貞謹の給与10級から9級に増俸

【参考文献】

〈第一章〉
黒田涼『江戸城を歩く』祥伝社新書、二〇〇九年
七戸町史刊行委員会『七戸町史』七戸町、一九八二年
盛田稔『七戸藩職員便覧』私製、一八七〇年（明治三年十月）
盛田稔「陸奥国北群七戸村戸籍」私製
島根県立大学西周研究会編『西周と日本の近代』ぺりかん社、二〇〇五年
福田隆三「北海道の自由民権家・本多新の生涯」『北海道の研究　第五巻』清文堂、一九八三年
色川大吉『明治の文化』岩波現代文庫、二〇〇七年
「女と男の時空」編纂委員会編『女と男の時空　別巻　年表・女と男の日本史』藤原書店、一九九八年
安田貞謹筆「履歴短冊」札幌本庁学務局督學課
森鷗外「安井夫人」『現代日本文學大系8　森鷗外集（二）』筑摩書房、一九七一年
梅木通徳『北海道交通史』北方書院、一九五〇年
梅木通徳『北海道交通史論』北日本社、一九四六年
『江戸東京大地図――地図でみる江戸東京の今昔』平凡社、一九三九年

〈第二章〉
『新撰　北海道史』北海道、一九三六～一九三七年
札幌市教育委員会文化資料室編『札幌歴史地図（明治編）』北海道新聞社、一九七八年
北海道総務部行政資料室編『北海道開拓功労者関係資料集録　上巻　下巻』北海道、一九七一～一九七二年
菊地寛「現如上人」『明治・札幌の群像』北海道企画センター、一九八六年
北海道ノンフィクション集団編「御用火事」『夜明けの火焰――明治北海道騒動記』北の浪漫社、二〇〇一年
北海道立教育研究所編『北海道教育史　全道編』北海道教育委員会、一九六一～一九六四年

札幌市教育委員会編『新札幌市史　第二巻　通史2』北海道新聞社、一九九一年
函館市史編さん室「函館師範学校第一年報」函館市

〈第三章〉

沖藤典子「三木勉――時習館」『明治・札幌の群像』北海道出版企画センター、一九八六年
「もっと知ろうよ　維新の町」鹿児島市
「伊藤博文ら5人の『長州ファイブ』って」朝日新聞二〇一三年八月五日夕刊
滋賀大学付属図書館『近代日本の教科書のあゆみ――明治期から現代まで』サンライズ出版、二〇〇六年
室蘭市役所編『室蘭市史　上巻』室蘭市役所、一九四一年
室蘭市史編さん委員会『新室蘭市史』第3巻・第5巻、室蘭市、一九八五年
登別市史編さん委員会編「市史　ふるさと登別」登別市、一九八五年
「室蘭港市街略図」室蘭市
「教育財政」『新室蘭市史・第三巻』（第二節）室蘭市、一九八五年
『創成館写真』室蘭市
谷村金次郎『室蘭地方人物風土記』室蘭民報社、一九六一年
佐藤秀夫『学校ことはじめ事典』小学館、一九八七年
学校・教育諸相『ふるさと写真集「室蘭」』図書刊行会
常盤小学校創立百年記念誌編集委員会「常盤百年」
宮川右京「片倉家北海道移住顚末」文成堂
小川正人「幌別におけるアイヌ学校設立申請関係資料」『北海道立アイヌ民族文化センター研究紀要第四号』一九九八年
富樫利一『維新のアイヌ　金成太郎』未知谷、二〇一〇年

〈第四章〉

「第三節開拓使官有物払下げ事件」『新北海道史　第三巻（通説二）』北海道、一九七一年
「ビール発祥の地札幌開拓使麦酒醸造所」（開拓使・麦酒）北海道開拓の村

函館市史編さん室「開拓使官有物払下事件と市民運動」『函館市史・通説編第二巻』（第四編　第五節）函館市、一九九〇年
榎本守恵『北海道開拓精神の形成』雄山閣出版、一九七六年
榎本守恵『北海道精神風土記』みやま書房、一九六七年
榎本守恵『侍たちの北海道開拓』北海道新聞社、一九九三年
永井秀夫編『北海道民権史料集』北海道大学図書刊行会、一九八六年
船山馨『石狩平野』河出書房新社、一九七〇年
原田伊織『明治維新という過ち』毎日ワンズ、二〇一二年
稲田雅洋『自由民権の文化史』筑摩書房、二〇〇〇年
イザベラ・バード著、時岡敬子訳『イザベラ・バードの日本紀行　下』講談社学術文庫、二〇〇八年

〈第五章〉
滋賀大学付属図書館『近代日本の教科書のあゆみ——明治期から現代まで』サンライズ出版、二〇〇六年
山崎長吉『札幌教育史』第一法規出版、一九九二年（私立育成尋常高等小学校火事の年に、誤記あり）
「尋常小學讀本」文部省編輯局、一八八七年
近藤富枝『鹿鳴館貴婦人考』講談社、一九八〇年

〈第六章〉
札幌市消防沿革誌編纂委員会編「札幌消防百年の歩み」札幌市消防局、一九七一年
「札幌の消防」札幌市消防局、一九七七年
「日清・日露戦争期の東京海上」東京海上日動火災（国内代理店・明治三十四年）

〈第七章〉
『北海タイムス』一九〇三年十二月十九日朝刊
「高田源蔵日記」一九〇四年三月七日
網走市史編纂委員会「網走市史」網走市、一九五八年

「日露戦役記念私立図書館一覧」
比布町史刊行委員会編「比布町史」比布町、一九六四年

〈終章〉

函館市史編さん室編『函館市史　通説編　第二巻』函館市、一九九〇年
吉川幸次郎、三好達治『新唐詩選』岩波新書、一九六五年
伊藤和宏「安田貞謹関係資料」私製

沖藤典子（おきふじ・のりこ）
日本文芸家協会会員。
一九三八年北海道生まれ。北海道大学文学部卒。市場調査機関・大学非常勤講師などを経て現職。主要公職歴としては、社会保障審議会・介護給付費分科会委員、神奈川県女性問題協議会会長など。現在はNPO法人高齢社会をよくする女性の会副理事長、『共同参画』市民スタディ21代表。平成十九年度「内閣府・男女共同参画社会づくり功労者表彰」受賞。『介護保険は老いを守るか』（岩波新書）により、平成二十三年度第八回生協総研賞特別賞受賞。
主な著書としては、『女が職場を去る日』（新潮社）、『銀の園・ちちははの群像』（新潮社）、『平安なれ命の終わり』（新潮社）、『楽天力――上手なトシの重ね方』（清流出版社）、『女五十代、人生本番！』（佼成出版社）、『それでもわが家から逝きたい――在宅介護の現場より』（岩波書店）、『老妻だって介護はつらいよ――葛藤と純情の物語』（岩波書店）、『老いてわかった！人生の恵み』（海竜社）、他多数。

北《きた》のあけぼの
――悲運《ひうん》を超《こ》えた明治《めいじ》の小学校長《しょうがっこうちょう》

二〇一八年八月三十日　第一版第一刷発行

著　者　沖藤典子
発行者　菊地泰博
発行所　株式会社現代書館
東京都千代田区飯田橋三―二―五
郵便番号　102-0072
電　話　03（3221）1321
F A X　03（3262）5906
振　替　00120-3-83725
組　版　プロ・アート
印刷所　平河工業社（本文）
東光印刷所（カバー）
製本所　積信堂
装　幀　奥冨佳津枝

校正協力／高梨恵一

ISBN978-4-7684-5838-9
定価はカバーに表示してあります。乱丁・落丁本はおとりかえいたします。
http://www.gendaishokan.co.jp/

活字で利用できない方のための
テキストデータ請求券
『北のあけぼの』

現代書館

伊賀ふで 著／麻生直子＋植村佳弘 編
アイヌ・母《ハポ》のうた（CD付）
——伊賀ふで詩集

アイヌ文様刺繍家チカップ美恵子の母・伊賀ふでの詩集。大正二年生まれで母語がアイヌ語／日常会話が日本語のアイヌ女性による、歌い継いできたウポポの意訳詩や、日常の憤りや幸せを綴った創作詩を編んだ一冊。アイヌ語音声CD付。

2400円＋税

チカップ美恵子 著
月のしずくが輝く夜に
——アイヌ・モシリからインドへの祈りの旅

アイヌ文様刺繍の第一人者であり、アイヌ文化について自らの出自を基に発言し続けている著者が、インドを旅しアイヌ・モシリを想う珠玉の書下ろしエッセー。遠く離れた大地が、インドの人々とアイヌ民族の心が、今しっかり結びあう。

2000円＋税

大倉 直 著
六市と安子の〝小児園〟
——日米中で孤児を救った父と娘

火傷を負って捨てられていた女の子。その子を安子と名付け実子として育てた六市。戦争前夜、ロサンゼルスと上海郊外で孤児たちの父となり母となった。そして、戦後一通の手紙が届く……。「排他」が叫ばれる今だからこそ、心揺さぶられる。

1800円＋税

宇神幸男 著
幕末の女医　楠本イネ
——シーボルトの娘と家族の肖像

シーボルトと日本人との間に生まれた楠本イネの実像に迫る。小説等で固定してしまった誤説・通説を排し、新発見を含む多数の史・資料を満載した初の本格評伝。『銀河鉄道999』のメーテルのモデルといわれるイネの娘・高子の壮絶な生涯も圧巻！

2200円＋税

伴野昭人 著
マッカーサーへの100通の手紙
——占領下 北海道民の思い

戦後の日米関係が始動した民主主義創成期、日本人はマッカーサーへ50万通もの手紙を書いた。日本人は「彼」に何を期待したのか。手紙を書いた人々のその後を尋ね、人々が思い描いた日本がその後どのように変容したかを考察した。

2200円＋税

上原正三 著
キジムナーKids
〈第33回坪田譲治文学賞受賞〉

出会い、友情、冒険、好奇心、別れ……そして、希望。少年期特有の感性をノスタルジックに綴る感涙の自伝的小説。沖縄戦（ウチナーイクサ）の犠牲、痛みをのりこえた〝キジムナーkids〟を、ウルトラマンのシナリオライターがみずみずしく描く。

1700円＋税

定価は二〇一八年八月一日現在のものです。